굿바이, 미쓰비시

굿바이, 미쓰비시

안선모 장편소설

| 머리글 |

미쓰비시, 역사의 뒤안길로 사라지지 않기를

한국 전쟁으로 고향인 강원도 철원을 떠나게 된 부모님이 정착한 곳이 바로 부평 삼릉이라는 곳이었어요. 제가 태어난 곳은 성냥갑 같은 집이 다닥다닥 열 개씩 붙어 있는 집이었죠. 이런 집이 셀 수 없을 정도로 많았는데 제가 태어나 자란 곳은 세 번째 집이라 하여 3호집이라 불렸습니다. 푹 가라앉은 어두운 부엌 하나에 작은 방 두 개인 집에서 아이들은 씩씩하고 건강하게 잘 자랐지요. 미닫이문으로 막아 만든 방 두 개에서 부모님과 삼촌, 오빠 둘, 동생 그리고 저까지 일곱 식구가 살았죠. 화장실은 공동 화장실이었고 공동 수도가 있어서 그곳에서 물을 떠 왔고요. 지금 생각하면 '어머나! 그런 데서 어떻게 살아?' 했을 테지만 그때는 모두가 가난한 시절이라 크게 불편함을 못 느끼고 살았답니다. 물론 한밤중에 화장실에 가는 일은 고역 중의 고역이었어요.

어렸을 적부터 호기심이 많았던 저는 '삼릉'이라는 지역 이름

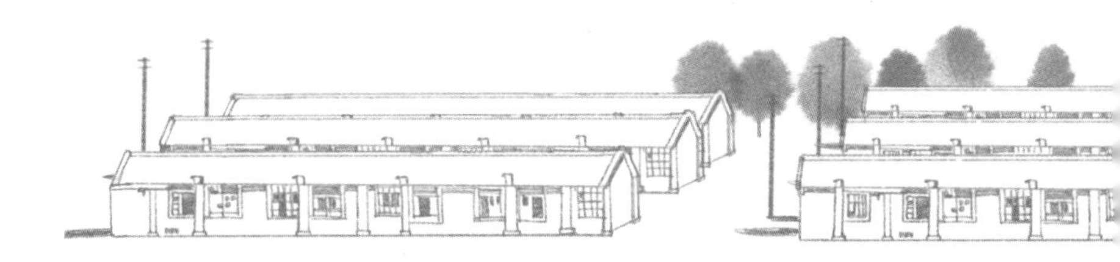

에 의문을 품기 시작했어요.

“삼릉? 삼릉은 세 개의 능이라는 뜻이야. 그렇다면 어딘가에 세 개의 무덤이 있을 거야. 이제부터 그 능을 찾아보는 거야.”

모험이라도 하듯 마을 곳곳을 샅샅이 뒤지고 다녔지만 끝내 세 개의 능은 찾지 못했어요. 그리고 초등학교 6학년이 되자, 우리 가족은 제법 넓은 대지에 작은 기와집을 짓고 부평역 북부 쪽으로 이사하게 되었어요. 우리 가족만의 화장실이 있고, 마당에는 우리 가족만의 수도가 놓인 집이었지요.

시간이 흘러 어른이 된 저는 인천교육대학교를 졸업하고 교사 생활을 하다가, 2012년 모교인 부평남초등학교로 발령을 받게 되었어요. 40여 년이 지나 다시 삼릉을 만나게 된 것이지요. 그러자 어렸을 적 품었던 호기심이 다시 발동하였고, 놀라운 사실을 알게 되었어요. 어찌 보면 놀랍기보다는 부끄러운 일이었어요.

알고 보니 삼릉에서 릉은 ‘언덕 릉’ 자가 아니라 ‘마름 릉’ 자였어요. 그러니까 삼릉은 ‘세 개의 마름모’란 뜻으로 일본 전범기업인 ‘미쓰비시’의 회사 이름이자 ‘쓰리 다이아 마크’라고도 부르는 회사 문양의 명칭이었어요. 그것을 알게 되자 그때부터 이것저것 닥치는 대로 자료를 조사하기 시작했어요. 그러다 또 알

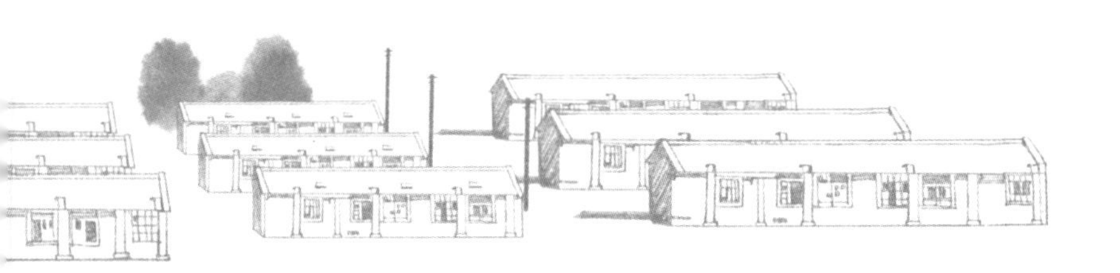

게 된 사실! 제가 어렸을 적 태어나 자란 그 집이 바로 '미쓰비시 줄사택'이라는 것. 일본이 대륙 병참 기지화의 발판을 삼기 위해 부평에 조병창을 만들어 무기를 만들었고, 조병창 건너편지금의 부평 공원에 자리한 미쓰비시 군수 공장은 조병창을 돕기 위해 철판을 만들어 냈어요. 그리고 노동자를 전국 각지에서 강제 동원하였지요. 그러니까 제가 살았던 그 집이 바로 미쓰비시 노동자들을 위한 줄사택이었던 거예요.

이러한 사실을 알고 저는 얼마나 부끄러웠는지요. 아이들을 가르친다는 사람이 역사를 이렇게 모르다니! 그러니 학생들은 어떻겠어요? 그때 저는 마음속으로 큰 결심을 했습니다. 조병창을 주제로 하는 장편소설을 꼭 쓰겠노라고! 그동안 자료 수집하고, 책 읽고, 나이 드신 어른들께 이야기도 듣고 하면서 또 하나 알게 된 사실은 많은 사람들이 의외로 조병창과 미쓰비시 줄사택에 대해 잘 모른다는 것이었어요. 잘 모르니까 당연히 관심도 없었고요.

일본은 일제 강점기의 강제 노역 피해자와 유족이 낸 손해배상 소송에서 위자료를 지급하라는 판결을 받고도 불복해 항고한 상태입니다. 과거의 일은 아직도 해결되지 않은 채 우리 주변에 있는데, 역사적 자료나 산물이 아무런 관심도 받지 못한

채 역사의 뒤안길로 사라지는 것에 대해 좀 더 많은 관심을 가져야하겠다는 생각이 들었어요. 역사는 과거와 현재의 대화를 통해 미래로 나아가는 길을 닦는 것이라고 생각하니까요.

그래서 저는, 1930년에 태어난 인수라는 아이를 등장시켰어요. 인수는 조병창을 동경하며 조병창에 취직하는 것을 꿈으로 삼고 있는 소년입니다. 이 소년이 조병창으로 인해 모진 삶을 이어 가고 있는 강제 동원 노동자들을 보며 일본의 만행을 알게 되는 과정을 그렸습니다. 그 과정 속에서 우리 백성들이 얼마나 끈질기게 일제에 저항했나를 그리기로 했지요.

오래전에 품었던 결심은 8년의 세월을 거쳐, '굿바이, 미쓰비시'라는 제목의 책으로 독자들 앞에 나오게 되었습니다.

미처 알지 못했던 과거의 역사를 쉽고 재미있게 알려 주는 것이 작가의 임무라고 생각합니다. 그래서 앞으로도 열심히 역사를 공부하려고 합니다.

안선모

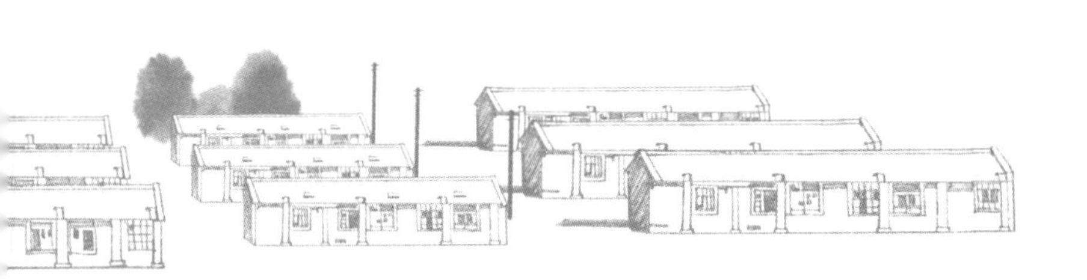

| 차례 |

그리운 학교

인수는 새벽녘에 눈을 번쩍 떴다. 또 꿈을 꾸었다.

지난겨울 작문 시간에 있었던 일이었다. 카네츠카 선생이 일본어가 얼마나 향상되었는지 보겠다고 했다. 제목은 '학교'였다.

가장 먼저 히로시가 나와 발표를 했다. 히로시는 자기 아버지가 군수 공장에서 높은 직급이라며 늘 뻐기고 다녔다.

"여기는 미개한 사람들이 사는 곳입니다. 나는 자랑스러운 대일본 제국 국민으로서 미개한 나라를 개화시키기 위해 사명감을 갖고 학교에 다닙니다."

아이들이 손뼉을 짝짝 쳤다.

이번에는 뒷골에 사는 금례였다. 학교가 엄청 먼데도 금례는 한 번도 지각하는 적이 없다. 공부도 꽤 잘해서 졸업하면 소화

고등여학교에 갈 거라고 했다.

"나는 황국 신민이 되기 위해 열심히 국어를 공부합니다. 학교는 나에게 국어를 가르쳐 주는 고마운 곳입니다. 열심히 공부하여 꼭 상급 학교에 진학하고 싶습니다."

발표는 계속되었고, 드디어 인수 차례가 왔다.

"학교는 나의 첫사랑입니다."

인수가 말문을 떼자, 아이들이 킥킥 웃어 댔다. 인수는 그러거나 말거나 발표를 계속했다.

"첫사랑을 생각하면 가슴이 떨립니다. 나는 첫사랑과 오래도록 잘 지내고 싶습니다."

아이들이 더 큰 소리로 웃어 댔다. 카네츠카 선생의 얼굴이 붉으락푸르락 변했다.

"신성한 교실에서 저따위 저질스러운 글을 쓰다니!"

카네츠카 선생이 저벅저벅 걸어왔다.

"선생님, 그게 아니고……."

인수는 학교가 너무 좋다는 말을 하려고 했는데 끝까지 하지 못했다.

"입 닥쳐! 감히 나에게 말대꾸를 하다니!"

이어서 카네츠카 선생 입에서 인수가 가장 듣기 싫어하는 말이 터져 나왔다.

"이 빠가야로 조센징!"

"난 빠가야로가 아닙니다. 위대한 황국 신민입니다."

그 순간 몽둥이가 정수리로 날아왔고 인수는 그 자리에서 정신을 잃었다. 그게 학교생활의 마지막이었다.

꿈인 줄 알지만 너무나 또렷해서 마치 어제 겪은 일 같았다. 인수는 꿈 생각을 떨쳐 버리려는 듯 자리에서 벌떡 일어났다. 좁은 방은 코 고는 소리와 찌든 기름 냄새, 땀 냄새로 가득했다. 벽에 걸려 있는 누런 색깔 작업복이 눈에 들어왔다. 영삼 형이 입고 다니는 미쓰비시 군수 공장 작업복이었다.

'언젠가 나도 꼭 저 작업복을 입고 말 테야.'

작업복을 입고 조병창 철문으로 걸어 들어가는 자신의 모습을 상상하니 배시시 웃음이 나왔다. 꿈 때문에 우울했던 마음이 조금 풀어졌다.

들창문으로 푸르스름한 빛줄기가 들어왔다. 온몸이 찌뿌드드했다. 영팔이에게 떠밀려 맨바닥에서 잔 탓이었다.

인수는 조심조심 아랫방으로 건너갔다. 윗방과 아랫방은 원래 하나의 방이었지만 가운데에 미닫이문을 달아 두 개의 방으로 만들었다. 밖으로 나가려면 반드시 아랫방을 거쳐야 했다.

"학교도 안 가는데 왜 벌써 일어났냐? 좀 더 눈을 붙여라."

잠든 줄 알았던 길용 아재의 목소리가 들렸다. 그러자 부엌에서 김화댁 아주머니의 볼멘소리가 들렸다.

"뭘 꾸물거려? 얼른 가서 물 길어 오고 땔감도 주워 와야지."

인수의 발밑에서 영순 누나의 잠이 가득 묻은 목소리가 올라왔다.

"인수야, 물은 내가 길어 올게. 나도 오늘부터 학교에 안 가니까."

"누나는 왜 학교 안 가?"

인수가 걸음을 멈추고 깜짝 놀라 물었다. 여자 고등 보통학교에 다니는 영순 누나는 길용 아재와 김화댁 아주머니의 자랑거리였다. 영순 누나가 해맑은 얼굴로 대답했다.

"며칠 전에 동네 반장이 와서 내 이름과 나이, 생년월일을 적어 갔어."

"왜?"

"집에 있는 여자들은 모두 정신대태평양 전쟁 때 일제가 식민지 여성들을 강제로 동원하여 만든 무리에 가야 한대."

"누나는 집에 있는 게 아니고 학교에 다니고 있잖아."

"학교에 다니든 집에 있든 똑같은가 봐. 취직하면 정신대에 안 가도 된다니까. 그래서 학교 그만두었어."

그때였다. 부엌에서 김화댁 아주머니의 부아 난 목소리가 들려왔다.

"뭘 꾸물거리고 있어! 얼른 가서 삭정이살아 있는 나무에 붙어 있는 말라 죽은 가지라도 꺾어 와야지. 다른 사람에게 다 뺏기겠다!"

인수는 화닥닥 밖으로 나왔다. 봄이 왔다지만 새벽이라 그런지 몸소름이 돋았다. 인수는 새벽마다 밤솔산에 올라 삭정이를 꺾어 오거나 낙엽을 긁어 왔다. 밤솔산은 마을 뒤편에 있는 야트막한 산이다. 예전에는 밤나무와 소나무가 많았다는데 지금은 민둥산에 가깝다. 너도나도 나무를 베어다 땔감으로 사용했기 때문이다. 지금은 벌목 금지령이 내려 나무를 할 수가 없다. 일본 사람들이나 조선 부자들은 장작을 얼마든지 살 수 있지만, 가난한 사람들은 생솔가지벤 지 얼마 안 되어 채 마르지 않은 소나무의 가지나 삭정이, 짚, 낙엽 등을 모아 간신히 밥을 해 먹었다.

인수가 밤솔산에 다녀오니 아침밥이 다 되었다. 온 가족이 밥상 앞에 둘러앉았다. 길용 아재는 어제 마신 술 때문에 또 일어나지 못했다. 길용 아재는 등을 보인 채 죽은 듯 누워 있었다. 김화댁 아주머니가 아랫목에 누워 있는 길용 아재 들으라는 듯 일부러 큰 소리로 말했다.

"너는 우리 집 가장이니까 많이 먹어야 해. 하루 종일 일하느라 힘들지?"

김화댁 아주머니는 그러면서 영삼 형 그릇에 보리밥을 가득

떠 주었다. 그러더니 이번에는 인수를 향해 타박하듯 말했다.

"이놈아, 너는 네 처지에 이나마 보리밥이라도 먹는 걸 감사하게 생각해야 해."

길용 아재가 술 마시느라 일당을 갖고 오지 않는 날이면 김화댁 아주머니는 늘 그랬다. 길용 아재에게 퍼붓던 화살이 마지막에는 꼭 인수에게로 날아왔다. 인수는 그릇에 얼굴을 처박고 말없이 보리밥을 퍼 넣었다. 영삼 형과 영순 누나도 아무 말 없이 보리밥을 입에 떠 넣었다.

그때 영팔이가 볼멘소리를 했다.

"맨날 보리밥이야. 쌀밥 좀 먹었으면 원이 없겠다."

"그런 건 나한테 말하지 말고 네 아부지한테 말해. 등 대고 누워 있기만 하면 어디서 돈이 나오나, 쌀이 나오나."

김화댁 아주머니의 말이 끝나자마자, 영팔이가 또 징징대며 말했다.

"엄니, 잉잉. 근데 나 대신 인수가 학교에 다니면 안 돼?"

"이놈이 무슨 소리를 하는 거야? 눈 빠지게 낟알 골라서 월사금다달이 내던 수업료 내줬더니 못 하는 소리가 없네."

김화댁 아주머니가 영팔이 등짝을 세게 내리쳤다. 김화댁 아주머니는 얼마 전부터 기차역 부근에 있는 정미소에 다녔다. 쌀에 있는 뉘겉껍질이 벗겨지지 않은 채, 쌀 속에 섞여 있는 벼 알갱이를 골라내는 작업을 하는 것이다.

“카네츠카 선생님이 나만 미워한단 말이야. 일본 애들도 나만 보면 꼴통이라고 맨날 놀리고.”

“공부 열심히 하면 그런 수모도 안 받을 거 아니야?”

김화댁 아주머니의 말에 영팔이가 씩씩대며 말했다.

“조선 사람이 어떻게 일본 말을 잘할 수 있냐고! 더듬거리는 게 당연하지.”

“그래 갖고 어떻게 고등 보통학교에 들어갈 거냐?”

“누가 거기 들어간대? 난 공부하기 싫단 말이야!”

영팔이의 징징대는 소리가 지겨운지 김화댁 아주머니가 두 귀를 막으며 말했다.

“인수야, 오늘만 영팔이랑 같이 학교에 가라. 학교 앞까지만 데려다줘.”

인수는 아무 말 없이 영팔이 책보를 둘러멨다.

부엌에서 설거지를 하던 영순 누나가 작은 목소리로 말했다.

“인수야, 너도 학교 가고 싶지?”

“괜찮아. 누나가 저녁마다 가르쳐 줄 거잖아.”

“좋은 소식이 있어. 서당이 다시 문을 연대. 그곳에 야학‘야간 학교’의 줄임말을 연다니까 거기 다니면 좋겠다.”

“야학? 문만 연다면 당연히 다녀야지.”

말은 그렇게 하지만 인수는 학교가 그리웠다. 너른들에 학교가 생긴 건 역에 전기가 들어온 해였다. 인수가 다섯 살 때였다. 겨우 하나 생긴 간이 학교일제 강점기, 초등학교 과정을 2년에 마치도록 한 속성 학교가 어느 해인가 심상소학교로 바뀌더니 일 년도 안 되어서 다시 국민학교로 이름이 바뀌었다.

어쨌거나 인수는 이제 학교에 다니지 않는다. 김화댁 아주머니가 아이 두 명을 학교에 보내는 건 너무 힘드니 그만두라고 했을 때, 인수는 하나도 섭섭하지 않았다. 피 한 방울 섞이지 않은 인수를 거둬 주고 학교까지 보내 준 것이 고마웠기 때문이다. 모두 길용 아재 덕분이었다.

영팔이 때문에 인수는 오랜만에 학교에 갔다. 영팔이는 교실로 들어가고, 인수는 교실 창문 밑에 쪼그려 앉았다. 교실에서 나는 소리가 다 들렸다. 인수는 수업하는 내용을 들으며 땅바닥에 배운 내용을 적었다. 아이들은 노는 시간마다 우르르 나와 훼방을 놓았다.

"넌 고아니까 학교에 못 다니는 거야."

"난 고아가 아니야."

그러면서 인수는 너무 오래전이라 이제는 기억이 가물가물해진 아버지의 얼굴을 떠올려 보았다.

"그렇다면 돈이 없으니까 학교에 못 나오는 거네. 맞지?"

인수가 고개를 끄덕였다. 그러자 몇몇 아이들이 덩달아 고개를 끄덕였다.

수업 종이 울리자, 아이들이 우르르 교실로 들어갔다. 인수는 다시 창문 밑에 쪼그려 앉았다. 이렇게라도 학교에 와서 공부를 할 수 있어 좋았다.

근데 영팔이는 청개구리 같은 아이다. 인수가 신나서 학교에 따라오는 게 못마땅한지 다음 날부터는 혼자 가겠다고 했다. 인수가 따라나서자, 영팔이가 또 징징댔다.

"엄니, 잉잉잉. 인수 좀 보래요. 오지 말라는데 자꾸만 학교에 따라와."

그러자 김화댁 아주머니가 도끼눈을 뜨며 말했다.

"영팔이가 오지 말라는데 왜 따라나서는 거야?"

"그냥요."

"교실에도 못 들어가는 놈이 발탄강아지막 걸음을 걷기 시작한 강아지라는 뜻으로 일없이 쏘다니는 사람을 이르는 말처럼 뭘 따라나서?"

"교실에 못 들어가도 괜찮아요. 창문 밑에서 공부하면 돼요."

"그럼 물은 언제 길어 오고 땔감은 언제 해 올 건데?"

"더 일찍 일어나서 다 해 놓을게요. 자신 있어요!"

"하여튼 말대꾸는 너른들, 아니 조선에서 1등이라니까."

"엄마, 인수가 하고 싶다는 대로 놔둬요. 얼마나 학교에 가고 싶었으면."

영순 누나가 인수 편을 들며 말했다. 그러자 평소 말이 없는 영삼 형도 거들었다.

"엄니, 학교 가는 게 뭐 죄예요?"

영순 누나와 영삼 형 둘 다 인수 편을 들자, 영팔이가 인심 쓰듯 말했다.

"그럼 나 따라오는 대신 책보도 들어 주고 숙제도 해 줘야 해."

"뭐? 숙제까지?"

인수가 어이없다는 듯 영팔이를 바라보다 고개를 살래살래 저었다.

"그건 아니라고 생각해. 책보는 얼마든지 들어 줄 수 있지만 숙제는 네 힘으로 해야지."

그때까지 아무 말 않고 듣고만 있던 길용 아재가 딱 한마디 했다.

"그건, 인수 말이 맞다."

길용 아재의 이 한마디 말은 다른 사람의 열 마디 말보다 힘이 셌다.

그렇게 인수는 영팔이를 따라 학교에 갔다. 하지만 사흘 째 되는 날, 반 아이들이 카네츠카 선생에게 고자질을 했다.

"선생님! 학교에 안 다니는 아이가 자꾸만 학교에 와요."

"저 창문 밑에서 엿듣고 있어요."

"걔 때문에 신경이 쓰여서 공부가 잘 안 돼요."

곧 저벅저벅 걸어오는 소리가 들리더니 창문이 와락 열렸다. 카네츠카 선생이 창문 밑에 앉아 있는 인수를 보더니 말했다.

"밖에서 듣는 것도 도둑질이야. 조선 아이들은 손버릇만 나쁜 줄 알았더니 귀 버릇도 나쁘군."

'귀 버릇? 그런 게 있었나?'

인수는 처음 듣는 말이었다.

"당장 꺼져라! 몽둥이맛을 또 볼 테냐?"

카네츠카 선생이 몽둥이를 창문 밖으로 쑥 내밀었다. 인수는 몽둥이를 보니 눈앞이 아득했다.

달팽이서당

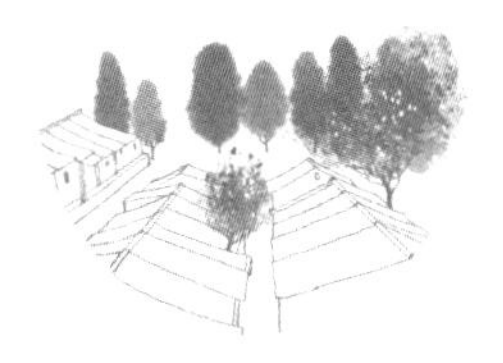

해거름이 다 되어 인수는 밤솔산에 올랐다. 서당에 야학이 열릴 거라는 말을 들은 후 훈장님 얼굴이 자꾸 떠올랐다. 이참에 서당에 한번 가 볼 생각이었다. 가는 길에 땔감이라도 조금 가지고 가려고 산에 오른 것이다.

산꼭대기에 오르니 끝없이 넓은 조병창이 눈에 들어왔다. 공장 앞에 흰색 건물이 보였다. 작년 봄에 새로 생긴 학교다. 일본 아이들을 위해 세운 학교라고 했다.

'학교가 참 예쁘네.'

인수는 눈에 보이는 대로 삭정이를 뚝뚝 꺾어 삼태기흙이나 쓰레기, 거름 등을 담아 나르는 데 쓰는 기구에 담았다. 삭정이는 건들기만 해도 힘없이 툭툭 부러졌다. 하지만 이제 그 삭정이도 찾기 힘들어졌다.

인수는 낙엽을 박박 긁어 비어 있는 삼태기를 채웠다.

산을 내려오는데 못 보던 아이 둘이 눈에 띄었다. 옷은 다 해져 너덜너덜했고, 머리카락은 까치집처럼 얼기설기 뒤엉켜 있었다. 한 번도 씻지 않은 듯 새까만 얼굴에 팔다리가 부러질 듯 가늘었다. 눈이 퀭한 걸 보니 며칠 굶은 것 같았다.

"너희들 거기서 뭐 하냐?"

인수가 가까이 다가가 말하자, 한 아이가 힘없이 그러나 짜증이 묻어난 얼굴로 대답했다.

"보면 몰라? 뿌리 캐고 있잖아."

인수는 아이의 짜증 섞인 말에 순간 당황해서 화가 났지만 꾹 참았다.

'그래, 배고프고 힘들면 만사가 짜증 나지. 나보다 훨씬 어리고 약한 아이들이다.'

인수는 친절한 목소리로 말했다.

"칡뿌리 캐는 것 같은데 이 산엔 칡이 없어. 저기 보이는 저 산 있지? 저렇게 큰 산에 가야 칡을 캘 수 있어."

인수가 멀리 보이는 산을 가리켰다. 그러자 아이의 말투가 한결 부드러워졌다.

"가르쳐 줘서 고마워. 근데 우리는 지금 진달래 뿌리를 캐고 있어."

"진달래 뿌리는 뭐 하게?"

"뭐 하긴! 끓여 먹으려는 거지."

진달래꽃이 피는 봄이면 아이들은 진달래꽃을 따 먹었다. 진달래꽃의 달큼함은 허기진 배를 조금 달래 주었다. 하지만 진달래꽃은 이미 진 지 오래였다. 김화댁 아주머니가 밥 먹을 때마다 농사지을 땅을 뺏겨 오갈 데 없는 사람들이 썩은 나무뿌리와 진달래 뿌리를 캐다가 피볏과의 한해살이풀와 섞어서 피죽을 끓여 먹는다는 말을 했다. 그냥 하는 말인 줄 알았는데 그게 아니었다. 진짜로 그런 것이었다.

인수는 아이들을 도와 진달래 뿌리를 캤다. 뿌리는 시원찮았다. 하지만 아이들은 캔 진달래 뿌리를 들고 무슨 보물이나 캔 듯이 싱글벙글 웃었다.

"너희들 어디 살아? 집이 어디야?"

그러자 두 아이가 허물어져 가는 집을 가리켰다.

"못 보던 토막집이네."

토막집은 자고 일어나면 생겼다. 반대로 하루아침에 사라지기도 했다. 밤솔산 기슭에 하나둘 토막집이 생긴 건 몇 년 전부터였다. 너른들에 어마어마하게 많은 공장이 들어서면서부터였다. 그때부터 갈 곳 없는 사람들이 하나둘 밤솔산 기슭으로 몰려들어 얼기설기 기둥을 세우고 짚을 얹어 움집을 만들었다. 그게 바로 토막집이다.

"일본이 중국을 상대로 전쟁을 일으켰다. 그 전쟁이 장기화되고 있으니 일본은 분명 중국 전선에서 사용할 무기를 조선 땅에서 만들게 될 것이다. 그러면 조선 땅과 조선인은 또 한 번 짓밟히게 될 게야."

여덟 살 때인가, 아홉 살 때인가? 훈장님에게 들었던 이야기였다. 그때는 그 말이 무슨 말인지 하나도 몰랐다. 지금은 알고 있다. 훈장님이 말한 것이 바로 조병창이라는 것을.

"엄니, 아부지는?"

"공장에 일하러 갔어. 아부지는 철사 공장에 다니고, 엄니는 빨래 공장에 다녀."

그때였다. 산 아래에서 누군가 부르는 소리가 들렸다.

"애들아, 너희들 얼른 내려오너라."

훈장님 목소리였다. 인수는 자신도 모르게 반대쪽으로 몸을 돌렸다.

"인수야, 너 인수 맞지? 뭘 잘못했기에 나를 보고 도망가는 거냐? 가더라도 그 땔감은 주고 가야지."

'아, 그렇지!'

인수는 다시 몸을 돌려 훈장님 쪽으로 슬금슬금 다가갔다.

어렸을 때는 거의 서당에서 놀고 먹고 자고 그랬다. 그런데 학교에 다니면서부터 인수는 훈장님을 슬슬 피해 다녔다. 카네츠카 선생 말에 의하면 서당은 일본에 반항하는 위험 집단이라고 했다. 그런 곳에 자꾸 드나들면 일본 사람이 운영하는 공장에는 절대 취직할 수 없을 거라고도 했다.

"인수야, 너 소식 들었지?"

"예? 무슨 소식이요?"

인수는 아무 것도 모른다는 듯 시치미를 뗐다.

"서당이 곧 문을 열 거야. 그러니 너도 저녁에 와서 공부해라."

"서당이 아니라 야학이라던데요?"

인수의 말에 훈장님이 크게 헛기침을 하며 대답했다.

"흠흠. 서당이면 어떻고 야학이면 어떻겠느냐? 학교에 다니고 싶어도 가지 못하는 아이들뿐만 아니라 공부하고 싶은 사람 누구나 야학에 들어올 수 있단다."

훈장님은 사뭇 흥분하여 말을 이었다.

"한글과 산술, 한문을 비롯하여 역사, 상업 등 다양한 과목을 가르칠 예정이야. 일본 말도 얼마든지 배울 수 있어."

"서당에서 일본 말을 가르쳐 준다고요? 설마?"

인수가 믿기지 않는다는 듯 되물었다.

"일본 말을 가르친다는 조건으로 야학을 열라고 하더군. 하여튼 그것들은 남의 나라에 와서 주인 행세를 한다니까! 학교에 못 가는 아이들이 얼마나 많으냐? 그런 아이들을 위해서 내가 조금 양보하기로 했지."

인수는 훈장님이 말하는 그것들이 일본과 일본 사람을 말하는 것이라는 걸 안다.

훈장님은 두 아이를 데리고 서당으로 들어갔다. 아마 서당에 데리고 가서 밥을 줄 것이다. 훈장님은 그런 사람이었다. 철모르는 다섯 살 인수를 서당에 데리고 가서 밥도 먹이고 공부를 가르쳐 준 게 훈장님이었으니까.

열 살이 되었을 때, 인수는 길용 아재네 집에서 살게 되었다. 길용 아재가 학교에 보내 준다고 했다. 서당에 살든 길용 아재네 집에 살든 인수는 아무 상관 없었다. 그래도 인수는 자기가 훈장님을 배신한 것 같은 느낌이 들었다.

인수는 서당으로 들어가 가장 먼저 아궁이를 살폈다. 불씨가 보이지 않았다. 가마솥 뚜껑을 여니 물에 보리쌀이 조금 들어 있었다. 인수는 아궁이 옆에 삭정이를 내려놓고 아궁이에 불을 지폈다. 훈장님은 보리죽을 끓여서 저 아이들에게 먹이려고 했을 것이다.

훈장님은 우물가에서 두 아이를 씻기고 있었다. 그걸 보니 옛날 생각이 또 났다. 훈장님은 꼬질꼬질한 인수를 우물가에 앉혀

놓고 얼굴이며 팔다리를 박박 씻겨 주었다.

그러더니 언제부터인가 칼을 찬 순사가 철컥철컥 군화 소리를 내며 서당에 들락거렸다.

"불온한 세력의 온상인 서당을 더 이상 보고 있을 수 없다."

순사는 그렇게 말했다.

'그런 사람들이 진짜로 있었나?'

다섯 살 때부터 서당에서 살았지만, 인수는 그런 사람들을 한 번도 보지 못했다.

한때는 아이들로 복작복작했던 서당이었다. 너른들에는 아이들이 걸어서 다닐 만한 학교가 하나도 없었다. 그런 너른들에 간이 학교가 생긴 것도 8년 전이었다.

"서당에 다니면 뭐 해? 일본 말을 가르쳐 주지도 않는데?"

"그깟 한문 배워서 뭐에 써먹을라고?"

몇몇 어른들이 투덜댔다. 그 어른들 손에 이끌려 아이들이 간이 학교로 갔다. 간이 학교에서는 일본 말을 가르쳐 줄 뿐만 아니라 장차 훌륭한 황국 신민이 되도록 도와준다는 것이었다. 서당에는 월사금을 내기 힘든 아이들만 남았다. 그런 아이들의 부모는 훈장님에게 물을 길어다 주기도 하고, 나무를 해다 주기도 하였다. 그렇게 어렵게 유지하고 있었던 서당은 인수가 학교에 다닐 무렵 문을 닫았다.

훈장님은 인수가 고분고분하지 않아서 싹수가 있다고 했다. 하지만 카네츠카 선생은 고분고분하지 않은 인수를 눈엣가시처럼 여겼다. 같은 반 일본 아이들은 일본 말을 꽤나 잘하는 인수를 아니꼽게 생각했다. 조선 아이들은 조선 아이들대로 인수를 고깝게 여겼다.

작년 겨울 그날, 카네츠카 선생에게 머리를 맞고 기절했다가 인수는 한참 만에 깨어났다. 아무도 없는 교실에서 눈을 뜨니 컴컴했다. 교실을 나오다가 인수는 훈장님과 딱 맞닥뜨렸다.

"이놈아, 얘기 들었다."

훈장님은 걱정스러운 얼굴로 인수를 쳐다보았다. 인수는 이런 모습을 들킨 게 부끄럽기도 하고 화가 나기도 했다.

"죽었는지 확인하러 오셨어요?"

"이놈이 머리를 몽둥이로 맞더니 실성했나? 못 하는 말이 없구나."

그러면서 훈장님은 큰 소리로 말했다.

"넌 어째서 그렇게 학교, 학교 하는 거야? 학교가 너에게 해 준 게 뭐 있다고!"

"학교에서 일본 말을 배웠잖아요. 일본 말을 모르면 아무것도 할 수 없다고요. 나중에 돈도 벌기 힘들다고요! 훈장님은 쓸데없는 한문이나 가르쳐 줬지 나한테 한 번도 일본 말 가르쳐 준 적 없잖아요.”

“그래서 그렇게 학교를 못 잊는 거야? 첫사랑처럼?”

첫사랑, 그 말을 듣자 가슴이 콩닥콩닥 뛰었다. 학교는 인수에게 첫사랑이었다. 영원히 잊을 수 없는 추억을 안겨 준 첫사랑. 그 첫사랑은 슬픔을 안겨 주었지만 그런 건 아무 상관이 없었다.

달팽아, 달팽아
돈 한 푼 줄게 춤추어라
너의 아버지는 하늘에서 장구 치고
너의 어머니는 춤을 춘다.

그때 서당 마당에서 아이들 노랫소리가 들려왔다. 인수는 퍼뜩 옛날 생각에서 깨어났다. 가마솥이 땀을 뻘뻘 흘리고 있었다. 아까운 보리죽이 넘칠까 봐 인수는 가마솥 뚜껑을 재빨리 들어 올리고 찬물을 조금 부었다. 그러자 끓어오르던 죽이 파르르 가라앉았다. 구수한 냄새가 온 집안으로 퍼져 나갔다.

“심인수! 보리죽 끓이는 솜씨는 여전하군!”

인수는 자신에게 칭찬을 하고 마당으로 나갔다. 아이들이 들고 있는 나뭇가지에 달팽이 한 마리가 간당간당 매달려 있었다.

"너희들 달팽이는 왜 괴롭히는 거야!"

"괴롭히는 거 아냐."

"그럼 뭐야?"

"같이 노는 거야. 달팽이가 심심할까 봐. 우리처럼 달팽이 엄니 아부지도 먹이 구하러 나갔나 봐. 혼자 있는 걸 보니."

그러면서 아이들은 또 노래를 불렀다. 이 노래는 오래전부터 전해 내려오는 노래다. 훈장님이 그러는데 나라를 빼앗기고 나서 조선 사람들은 살기가 어려워졌고, 굶어 죽는 사람도 많아졌다고 했다. 부모를 잃고 배곯은 아이들이 자신의 부모를 그리워하며 이 노래를 불렀다고 했다.

"그러고 보니 이 노래 정말 슬프네요."

인수의 말에 훈장님이 고개를 끄덕였던 기억이 났다.

일본 사람들은 조선 사람들이 느려 터지고 일을 잘 못한다고 달팽이라고 불렀다. 인수는 훈장님의 서당을 시대에 뒤떨어졌다고 달팽이서당이라고 불렀다.

"달팽이가 느리다고 해서 게으르다고 생각하면 안 돼. 달팽이는 달팽이의 길을 갈 뿐이야."

훈장님은 인수에게 이렇게 말했었다.

'훈장님, 죄송해요.'

문득 인수는 자신이 조금 철든 것 같다고 생각했다.

미쓰비시 줄집

"엄니, 엄니! 영순아, 인수야!"

밖에서 영삼 형 목소리가 들렸다. 다급한 목소리에 인수가 후닥닥 튀어 나갔다.

역시 예상했던 대로였다. 불콰한 얼굴의 길용 아재가 영삼 형 등에 업혀 있었다. 술 냄새가 풍겼다.

뒤따라 나온 김화댁 아주머니가 목소리를 높였다.

"영삼아, 니 아부지 어디서 만났냐?"

"살근다리 주막 마당에 쓰러져 있었어요."

살근다리 주막은 남자 어른들이 자주 가는 곳이다. 주막 앞에는 작은 개울이 있는데 그 개울을 건너면 나카마치 거리다. 그러니까 개울은 일본 사람들이 사는 곳과 조선 사람들이 사는 곳을 구분하는 역할을 하는 것이다.

"에구, 내가 못 살아, 못 살아. 돈만 조금 쥐었다 하면 저렇게 술만 퍼마시고."

김화댁 아주머니가 주먹으로 자기 가슴팍을 팍팍 쳤다.

영삼 형이 길용 아재를 눕히자, 인수가 얼른 부엌 항아리에서 찬물 한 그릇을 떠 왔다.

"아재, 이것 좀 마셔요."

게슴츠레 눈을 뜬 길용 아재가 인수를 보더니 한숨을 푹 내쉬었다.

"내가 너만 보면 쥐구멍에 들어가고 싶다. 아니, 죽고 싶다."

"아재, 무슨 말씀을 그렇게 하셔요?"

인수는 고개를 갸웃했다. 쥐구멍에 들어가고 싶다는 소리는 면목이 없을 때 하는 소리다.

"학교 안 가도 괜찮아요. 학교 못 가는 아이들이 태반반수 이상인데요 뭐."

그 소리에 길용 아재가 눈을 감았다. 감은 눈꼬리에서 뭔가가 반짝였다. 인수는 그런 길용 아재가 왠지 짠해 한참 들여다보았다. 길용 아재는 참 이상하다. 평소에는 인수에게 아무 관심 없다가도 술에 취했다 하면 인수에게 엄청 잘해 준다. 인수 머리를 쓰다듬기도 하고 눈물을 흘리기도 한다. 이제 길용 아재는 언제 그랬냐는 듯 코까지 골며 잠이 들었다.

인수는 밖으로 나왔다. 이런 날은 그냥 밖에 있다가 들어가는 게 좋다. 영팔이도 졸래졸래 따라 나왔다. 영팔이와 인수는 동갑내기 열세 살이다. 학교가 먼 탓에 영팔이는 열 살에 학교에 들어갔고, 인수는 열한 살에 학교에 들어갔다. 인수는 일 년 조금 넘게 학교에 다녔지만 영팔이는 곧 고등 보통학교에도 진학할 것이다. 영팔이와 인수는 모든 면에서 하늘과 땅 차이가 난다. 이 집의 막내라 그런지 김화댁 아주머니는 영팔이에게 일을 시키지 않는다. 하지만 인수는 물 긷는 것부터 땔감 주워 오는 것, 잔심부름 등등 할 일이 많다.

날이 더워서 그런지 줄집 밖에 사람들이 바글바글 모여 있다. 얼마 전까지 히로나까 공장에 다니는 노동자들이 사는 곳이라고 해서 히로나까 줄사택이라고 불렸지만 이제는 미쓰비시 줄사택으로 바뀌었다. 공장이 미쓰비시로 넘어갔기 때문이었다. 아이들은 집이 줄줄이 붙어 있다고 해서 줄집이라고 불렀다. 줄집에 사는 노동자들은 이곳 너른들이 고향인 사람도 있지만 대부분 다른 고장에서 강제 동원되어 온 사람들이라고 한다. 일본이 벌이고 있는 전쟁터로 끌려갈까 봐 그것을 피해서 온 사람도 있다고 한다. 어쨌든 영삼 형이 재작년부터 미쓰비시 군수 공장에 다니면서 그 덕에 온 식구가 줄집에 살게 되었다.

낮에는 더웠는데 저녁이 되니 좀 살 만했다.

'내일 아침에 쓸 물이나 길어 놓자.'

인수는 다시 부엌으로 들어가 빈 항아리를 실은 지게를 들고 나왔다.

"인수야, 너 또 물 길러 가냐?"

언제 나왔는지 기철이가 졸졸 따라왔다. 기철이는 바로 옆집인 3호집에 사는 아이다. 기철이 큰형도 영삼 형과 같은 군수 공장에 다닌다. 기철이 뒤를 영팔이가 슬금슬금 쫓아왔다.

"물은 여자들이나 긷는 거야. 넌 여자가 하는 일 하면서 창피하지도 않아?"

"인마, 창피하긴 뭐가 창피해? 힘 있는 남자가 물 긷는 거 도와주는 게 뭐가 어떻다고!"

말은 그렇게 했지만 사실 인수도 창피할 때가 있다. 공동 우물가에는 거의 여자들밖에 없기 때문이다.

"이제 곧 여기에도 수도가 놓일 거래."

기철이의 말에 쫓아오던 영팔이가 눈을 동그랗게 떴다.

"수도? 수도가 뭐야?"

"수도는 물 수(水), 길 도(道). 물이 흐르는 길이라는 뜻이잖아. 서당에서 다 배운 글자인데 그것도 몰라?"

"그래, 인수 너 잘났다. 그렇게 잘난 아이가 왜 학교에서 쫓겨나냐?"

영팔이가 놀리듯 말했다. 인수는 부아가 치밀어 올랐지만 꾹 참고 대답했다.

"입은 삐뚤어졌어도 말은 똑바로 하자, 응? 쫓겨난 게 아니고 내가 그냥 나온 거야."

그 말에 기철이가 인수 등을 탁 치며 말했다.

"인수, 너 그 자신감은 여전하다! 그래서 내가 널 좋아하는 거야."

"칫, 자신감 좋아하시네! 월사금다달이 내던 수업료 못 내서 학교 못 다니게 되었다는 말은 죽어도 안 하네."

영팔이가 인수의 아픈 곳을 콕 찔렀다.

"어이구, 영팔아! 너는 꼭 그렇게 말해야 속이 시원하냐? 철딱서니라고는 하나도 없어 가지고!"

기철이가 영팔이를 세게 밀치며 말했다. 그 모습에 인수가 피식 웃었다. 서당에 다닐 때는 기철이와 단짝이었는데 언제부터인가 사이가 멀어졌다. 그건 인수가 학교에 다니면서부터였던 것 같다.

"기철아, 수도가 놓인다는 말은 뭐야?"

"일본 사람 사는 동네에는 이미 수도가 다 놓였대."

인수는 항아리에 가득 담긴 물을 지게에 올리며 얼마 전에 나카마치 가게에서 본 양동이를 떠올렸다. 손잡이가 있어 물 길어 오기 딱 좋을 것 같았다.

"군수 공장에도 이미 수도가 다 놓였대. 이 동네에서는 줄집에 가장 먼저 공동 수도를 놓을 거래."

기철이가 으쓱대며 말했다. 기철이는 아버지가 수도관 만드는 공장에 다녀서인지 수도에 관해서 아는 게 많았다. 기철이 말에 의하면 경성 같은 큰 도시에는 이미 오래전에 수도가 설치되었다고 했다. 하지만 수돗물을 쓰는 건 일본 사람이나 조선 부자들뿐이라고 했다.

"수도가 들어오면 좋기는 하겠다. 두레박으로 끌어올리지 않아도 되니까. 꼭지만 틀면 물이 나온다니까 편하기는 할 거야."

인수의 말에 영팔이가 톡 나섰다.

"너 줄집에 사니까 좋지? 다 울 아부지 덕분이야."

인수는 아무 말도 하지 않았다. 영팔이 말이 틀린 건 하나도 없으니까.

다음 날 아침, 길용 아재가 바지 주머니 속에서 쪽지 하나를 꺼냈다.

"영순아, 밥 먹고 나서 이 쪽지 갖고 조병창 의무과에 가 보거라."

"조병창이요? 거긴 왜요?"

영순 누나가 놀란 얼굴로 되묻자, 길용 아재가 심드렁하게 대답했다.

"소개장이야. 조병창에 다니게 하고 싶지는 않다만……."

"아니, 무슨 소리예요? 조병창만큼 좋은 직장이 어디 있어요?"

김화댁 아주머니가 길용 아재에게 눈을 흘겼다. 눈은 흘기고 있지만 얼굴은 웃고 있었다.

"아부지, 그럼 나 이제 정신대에 안 가도 되는 거예요?"

길용 아재가 고개를 끄덕였고, 김화댁 아주머니는 입 속이 다 보이도록 활짝 웃었다.

"그럼, 그렇지! 아부지란 사람이 딸이 정신대에 끌려가는 걸 어떻게 보고만 있겠어?"

길용 아재는 아무 말도 하지 않고 밖으로 나갔다.

며칠 전, 반장이 와서 이름을 적어 간 후부터 김화댁 아주머니는 길용 아재를 들들 볶았다. 얼른 나가서 하나밖에 없는 딸 취직 자리를 알아 오라고 말이다.

"와, 울 아버지 멋지다! 취직을 척척 시켜 주네."

영팔이가 큰 소리로 말했다. 인수는 속으로 중얼거렸다.

'길용 아재가 나도 조병창에 취직시켜 주면 좋겠다.'

김화댁 아주머니는 춤이라도 출 듯 기뻐하며 말했다.

"지금은 저렇게 망가졌지만 말이다. 영팔아, 네 아부지가 옛날에는 힘깨나 쓰는 사람이었어. 나는 이제 부러울 게 없다. 큰아들은 미쓰비시 공장에 다니지. 하나밖에 없는 딸은 앞으로 조병창 의무과에 다닐 거지. 월급도 꼬박꼬박 받아 올 테니 이제 아무 걱정 없다."

그다음 날부터 영순 누나는 조병창에 출근을 했다. 인수는 영순 누나가 퇴근하기를 기다렸다. 영삼 형은 조병창과 관계가 깊은 미쓰비시 군수 공장에 다니면서도 조병창 얘기를 물으면 별로 아는 게 없다면서 입을 꾹 다물었다. 게다가 요즘은 잔업 때문에 늦게 들어오는 날이 많았다.

인수는 저녁 늦게야 겨우 영순 누나와 마주 앉았다.

"누나, 조병창 얘기 좀 해 줘."

"너는 어째 그렇게 조병창에 관심이 많니?"

그러면서 영순 누나는 입을 열었다.

"공장이 어찌나 큰지 벽돌로 쌓은 담장이 끝도 없이 이어졌더라. 출입구는 철문으로 되어 있고 문마다 조선 사람들이 지키고 있어. 그 사람들도 작은 총 하나를 갖고 있더라고."

"나도 총 갖고 싶다."

영팔이가 톡 끼어들었다.

"조병창은 내가 생각한 것보다 백배 아니, 천배는 큰 것 같아. 공장도 많고 창고도 엄청 많아. 아 참! 그리고 그 안에 기차도 다니더라."

"기차?"

인수가 입을 쩍 벌렸다. 기차는 경성에서 제물포까지만 다니는 줄 알았는데 조병창 안에도 기차가 있다니! 생각만 해도 가슴이 두근두근했다.

"근데 누나는 의무과에서 무슨 일을 해? 혹시 누나 무기도 만들어?"

그 말에 영순 누나가 픽 웃음보를 터트렸다.

"나는 그냥 환자를 안내하고 다친 사람들이 오면 진찰권 끊어 주는 일을 해."

"조병창 안이 얼마나 큰지 내 눈으로 꼭 보고 싶어."

"아마 그건 불가능할걸? 조선 사람들은 조병창 안을 마음대로 돌아다닐 수 없어. 자기가 일하는 공장과 식당 빼고는 거의 출입 금지 지역이야. 참! 근데 너만 한 아이들이 물건 나르는 걸 본 것 같아."

"누나가 잘못 본 거 아닐까?"

"아냐, 분명 네 또래였어. 작업복도 입었던데?"

"그래? 그렇다면 나도 조병창에 취직할 수는 있겠네."

인수의 얼굴이 희망으로 밝게 빛났다.

옆에서 함께 듣던 영팔이가 코를 골기 시작했다. 그러자 아랫방에서 김화댁 아주머니 목소리가 들려왔다.

"영순아, 내일 아침 일찍 출근해야 하니 얼른 내려와서 자라."

영순 누나가 몸을 일으키자, 인수가 아쉬운 듯 말했다.

"누나, 내일 저녁에도 얘기해 줄 거지?"

"그럼! 궁금한 거 있으면 얼마든지 물어봐."

김화댁 아주머니의 졸음 섞인 목소리가 또다시 들려왔다.

"인수는 내일 나랑 갈 데가 있다. 어디 가지 말고 집에서 기다리고 있어."

'영삼 형이 집에 오면 형이 다니는 미쓰비시 군수 공장도 얘기해 달라고 해야지.'

하지만 늦도록 영삼 형은 들어오지 않았다. 인수는 자기도 모르는 새 까무룩 잠이 들었다.

배달꾼

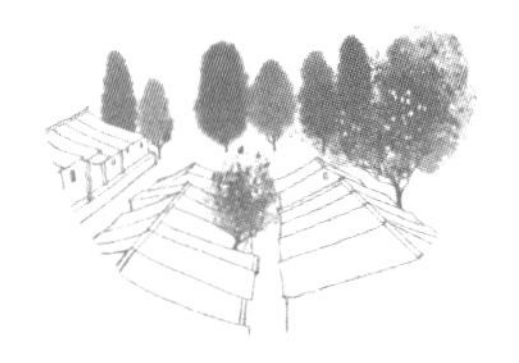

"이제 너도 밥값을 해야지."

정미소에서 퇴근한 김화댁 아주머니가 인수를 재촉했다.

"어디 가는데요?"

"나카마치."

나카마치라는 소리에 누워 있던 영팔이가 갑자기 벌떡 일어나 앉았다.

"나도 갈래. 나도 거기 구경하고 싶단 말이야!"

영팔이가 따라나서려고 하자, 김화댁 아주머니가 눈살을 찌푸렸다.

"놀러 가는 줄 아냐? 넌 그냥 집에서 공부하고 있어."

나카마치 거리는 이 동네에서 가장 번화한 곳이다. 일본 사람들이 하나둘 들어오면서 거리가 생겼고, 거리를 따라 가게들이 들어섰다. 주로 일본 사람을 위한 물건들을 팔고 있다. 거기서 얼쩡거렸다가는 일본 아이들에게 돌멩이를 맞을 수도 있고 재수 없으면 도둑으로 몰려 순사에게 잡혀갈 수도 있다. 그래서 조선 아이들은 가고 싶어도 가기 힘든 곳이다.

나카마치 거리에 들어서자 인수의 두 눈이 휘둥그레졌다. 그동안 못 보던 가게가 많이 생겼다. 인수는 가게에 진열된 물건들이 신기해 자꾸 한눈을 팔았다.

화력신탄薪炭 땔나무와 숯, 또는 석탄 등을 이르는 말상회는 나카마치 거리 맨 끝자락에 자리 잡고 있었다. 가게 앞에는 왕겨가 쌓여 있었고, 가게 안쪽에는 장작이 쌓여 있었다. 그 모습을 보자 인수는 입을 쩍 벌렸다. 김화댁 아주머니는 이곳에 자주 드나들었는지 별로 놀라지 않았다. 장작은 일본 사람이나 조선 부자들이 쓰는 땔감이고, 보통 조선 사람들은 왕겨를 땐다.

"얘가 내가 말한 그 애예요. 기억력도 좋고 눈치가 빨라서 심부름을 잘할 것이요. 먹여 주고 재워 주기만 하면 손해날 일은 없을 것이구먼요."

김화댁 아주머니 말이 끝나자마자 주인아주머니가 확인하듯 재차 물었다.

"월급은 못 준다고 했어요? 먹여 주고 입혀 주고 재워 주고 그걸로 퉁 치는 거예요."

"에이고, 알았어요. 대신 왕겨나 좀 챙겨 주세요."

두 사람의 대화를 듣고 있던 인수가 입을 열었다.

"저녁에는 자유 시간을 가질 수 있는 거죠?"

"자유 시간?"

주인아주머니가 눈을 동그랗게 떴다.

"내 맘대로 할 수 있는 시간을 말하는 거예요."

"네 맘대로 도대체 뭘 하려고?"

"야학에 다니려고요."

인수 옆에 서 있던 김화댁 아주머니가 기가 막힌다는 표정을 지으며 중얼거렸다.

"에이고, 그놈의 공부, 공부!"

그러자 주인아저씨가 눈을 동그랗게 뜨며 물었다.

"야학? 우리 동네에 그런 게 있었어?"

김화댁 아주머니가 손짓을 하며 대답했다.

"저기 밤솔산 밑에 있는 서당 있잖아요. 그게 곧 야학이 된다잖아요."

"아하, 그렇구먼. 쪼끄만 게 공부 욕심이 있구먼. 자기 생각도 확실하게 말하고."

주인아저씨의 말에 아주머니가 인수를 위아래로 훑어보며 말했다.

“배달꾼에게 그런 게 뭔 소용 있어요? 지게를 질 수 있어야 지.”

안 봐도 뻔했다. 이래저래 핑계를 대면서 월급 대신 준다던 왕겨의 양을 줄여 보려는 심산이었다. 인수가 한마디 하려고 하자, 김화댁 아주머니가 한쪽 눈을 찡끗했다. 말대꾸하지 말라는 뜻이었다. 그 모습에 인수는 열려던 입을 꾹 닫았다. 주인아주머니가 한 번 더 인수 위아래를 훑어보며 물었다.

“그나저나 너 일본 말은 좀 하니?”

말이 끝나자마자 인수는 황국 신민 서사를 낭송했다. 날마다 외웠던 황국 신민 서사였다. 유창한 일본 말에 놀랐는지 아주머니가 눈을 크게 떴다.

“그것 봐요. 얘가 머리가 엄청 좋다니까요. 우리 영팔이는 몇 년 동안 학교 다녔어도 일본 말을 더듬거리는데 얘는 그냥 술술 나온다니까요. 셈도 아주 잘한답니다.”

인수가 김화댁 아주머니를 힐끗 보았다. 김화댁 아주머니에게 칭찬을 들어 본 건 처음이었다. 어떡하든 취직을 시키려고 하는 칭찬이었지만 싫지는 않았다.

그렇게 하여 인수는 낮에는 잔심부름과 배달 일을 하고 밤에는 가게에 붙어 있는 코딱지만 한 방에서 지내게 되었다.

벌목 금지령이 내리면서 장작 값이 솟구쳤기 때문에 땔감과 숯을 파는 신탄상회는 돈을 많이 벌었다. 그런데도 주인아저씨와 아주머니는 자린고비가 울고 갈 정도로 구두쇠였다. 추운 날에도 불을 때지 않았고 먹는 것도 아꼈다. 그래도 인수는 좋았다. 줄집에 살 때는 방은 좁고 식구는 많아 늘 발칫잠남의 발이 닿는 곳에서 불편하게 자는 잠을 자곤 했는데 여기서는 그럴 필요가 없었다. 혼자 잘 수 있는 방이 있었고, 배부르게는 아니어도 하루 세 끼를 먹을 수 있었다. 그렇게 인수는 나카마치 거리에 있는 화력신탄상회 정식 점원이 되었다.

첫 번째로 맞이한 손님은 중년 부인이었다. 주인아주머니와 아저씨가 굽신굽신 허리까지 굽히는 것으로 보아 높은 분의 부인인 듯했다.

"우리 집으로 장작 한 지게 배달해 주게나."

"아, 예 예. 인수야, 배달 준비하여라."

주인아저씨의 말이 끝나자마자 인수는 지게에 장작을 차곡차곡 올려놓았다.

"장작 한 지게에 2원입니다."

주인아주머니의 말에 중년 부인이 미간을 찌푸리며 돈을 내밀었다.

"무슨 소리야? 얼마 전에도 1원 50전에 샀는데."

중년 부인의 손에는 1원 50전이 놓여 있었다.

"장작 값이 그새 또 올랐습니다."

주인아저씨가 쩔쩔매며 말하자, 중년 부인이 매몰차게 한마디 했다.

"조선 사람들은 일본 사람만 보면 등쳐 먹으려고 한다더니 그 말이 딱 맞네."

"아이고, 무슨 말씀을 그렇게 하십니까? 한 지게 팔아 봐야 얼마 남지도 않습니다."

"내가 그 말을 믿을 것 같아? 조선 사람들은 입만 벌렸다 하면 거짓말하는 거 내가 모를 줄 아냐고!"

이제 중년 부인은 주인아주머니와 아저씨를 거짓말쟁이에 사기꾼 취급까지 했다. 처음 가게에 들어올 때의 점잖고 다소곳한 모습과는 전혀 다른 모습이었다.

"얼른 이거 받아요. 순사 부르기 전에."

주인아주머니와 아저씨가 계속 머뭇거리며 돈을 받지 않자, 중년 부인이 손에 놓인 돈을 땅바닥에 집어 던졌다. 보다 못한 인수가 돈을 주우며 한마디 했다.

"알겠습니다, 손님! 해결 방법은 있습니다. 1원 50전어치만 배달하면 되지요!"

인수의 말에 중년 부인의 얼굴이 붉으락푸르락 변했다.

"어디서 손님에게 그따위 말을 해! 건방진 조센징 같으니!"

중년 부인이 사나운 얼굴로 인수를 노려보며 말했다. 그러자 주인아주머니와 아저씨가 허둥거리며 다가와 인수의 등짝을 세게 내리치며 말했다.

"아이고, 이 녀석아! 얼른 사과드려라."

"제가 왜 사과를 하지요? 2원어치 장작을 사면서 1원 50전을 내니까 장작을 1원 50전어치만 배달하겠다는 게 뭐가 잘못이에요?"

인수의 말에 중년 부인이 발을 동동 구르며 악을 썼다.

"으악! 이런 미개인들! 당신들이 이렇게 미개하니까 우리 일본이 가르치고 있는 거라고! 그런 은혜도 모르고!"

"아이고, 손님! 화 좀 푸세요."

주인아주머니가 고개를 땅에 닿도록 숙였다. 아저씨도 따라서 고개를 숙였다.

"얼른 장작 한 지게 배달해 드리겠습니다. 인수, 이 녀석아! 뭐 하는 거야?"

인수는 분한 마음에 눈물이 나올 것 같았지만 꾹 참았다.

"그런 식으로 장사하다간 이 나카마치 거리에서 쫓겨날 줄 알아! 내 말 명심하라고!"

중년 부인이 게다일본 사람들이 신는 나막신 소리를 딱딱 내며 가게를 나갔다. 인수는 장작 한 지게를 지고 중년 부인 뒤를 따랐다. 학교에서 쫓겨났을 때도 이렇게 분하지는 않았다.

인수가 배달을 하고 오자, 주인아주머니가 인수 입을 소리 나게 짝짝 내리쳤다.

"넌 요 입이 말썽이야. 여기서 배달꾼 하려면 귀머거리, 장님, 벙어리가 되어야 해."

주인아저씨는 한숨만 푹푹 내쉬었다. 그러다 혼잣말로 중얼거렸다.

"귀머거리, 장님, 벙어리가 되는 것뿐 아니라 간, 쓸개도 모두 내놓아야 한다."

그 후에도 일본 사람들의 말도 안 되는 횡포는 계속되었다. 조선 사람들이 셈을 못 한다고 생각하고 일부러 돈을 덜 내놓는 사람도 있었다. 인수가 조목조목 계산을 하면 화를 내고 자기를 사기꾼 취급한다고 생트집을 잡았다. 그러면 주인아주머니는 인수에게 잘못했다고 싹싹 빌라고 했다. 억울한 마음을 꾹 누르고 인수는 죄송하다고 말했다. 사실 뭐가 죄송한 건지 잘 모르겠지만.

그리고 손님이 가고 나면 주인아주머니가 신세 한탄을 했다.

"이놈의 장사 때려치워야지. 울화통이 치밀어서 못 해 먹겠다."

주인아저씨도 한숨을 내쉬며 말했다.

"이런 게 식민지 사람들의 신세란다. 남의 나라 사람들이 들어와 주인 행세를 해도 꼼짝없이 당할 수밖에 없지."

배달꾼이 되면서 인수는 고된 세상살이의 맛을 조금씩 알아갔다. 그리고 처음으로 조선이 왜 식민지가 되었는지 궁금증이 생겼다.

깍두기 형

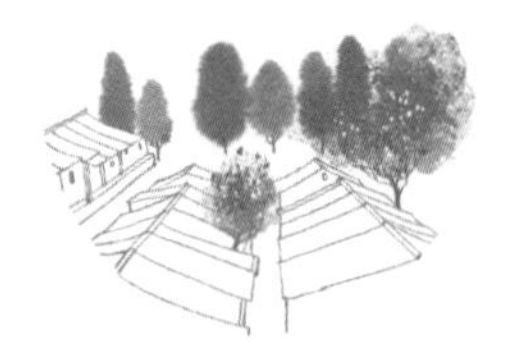

인수가 화력신탄상회를 좋아하는 이유가 있는데 그건 바로 깍두기 형 때문이다. 깍두기 형은 신탄상회 주인아주머니와 아저씨의 하나밖에 없는 귀한 아들이다.

"경성에 공부하라고 올려 보냈더니만 하라는 공부는 안 하고 뭐 하는 건지."

주인아주머니는 가끔 내려오는 아들을 볼 때마다 눈물을 훔쳐 냈다.

"에구, 모자란 놈."

주인아저씨는 이렇게 말하면서 혀를 끌끌 찼다.

깍두기 형은 이 시골 동네에서 여간해서 만날 수 없는 모던 뽀이다. 중절모를 쓰고 양복을 입고 빨간 넥타이를 한 깍두기 형하고 함께 있으면 어깨가 으쓱거려진다. 마치 자신도 깍두기 형처럼 모던 뽀이가 된 것 같은 착각에 빠지는 것이다.

인수는 형을 처음 만났던 때를 떠올렸다.

"네가 우리 집에서 일하게 된 아이구나. 잘 부탁한다."

"예?"

인수가 눈을 동그랗게 뜨고 묻자, 형이 끼득끼득 웃었다. 일개 점원 아이에게 잘 부탁한다는 말을 하다니. 주인집 아들이 점원에게 할 소리는 아닌 것 같았다.

"아들 하나 있는 게 이 모양이니 나 대신 아들 노릇 좀 해 주라."

"예?"

또다시 묻는 인수의 머리를 흩트리고는 형이 웃으며 말했다.

"소문을 듣자니, 똑똑한 아이라고 해서 말이야. 나는 천하의 불효자에다 제멋대로 사는 놈이거든."

"제 이름은 심인수입니다."

인수가 고개를 숙이며 말하자, 형이 곧 말했다.

"내 이름은 갑득이야."

"깍두기요?"

인수의 말에 형이 큰 소리로 말했다.

"갑득이! 갑, 을, 병, 정 할 때 갑(甲) 자에 얻을 득(得)."

'아, 갑득을 깍두기라고 했구나.'

이건 큰 실수였다. 인수는 눈을 꾹 감았다. 이제 주먹이 날아올 것이다. 그런데 주먹 대신 뜻밖의 말이 날아왔다.

"깍두기? 그것 참 좋네. 내 예명으로 써야겠는데?"

"예명이요?"

"예술 하는 사람들이 쓰는 이름을 예명이라고 해. 너도 이제부터 나를 깍두기라고 불러. 빨간 넥타이를 했으니 깍두기랑 어울리네. 내 이름 홍갑득하고도 딱 맞고!"

"게다가 깍두기는 맛도 좋잖아요. 보나마나 형은 맛있는 사람일 거예요."

인수는 재빨리 말했다. 그 말에 형이 활짝 웃었다.

"너 정말 마음에 든다. 우리 잘 지내보자."

"나도 형이 정말 마음에 들어요. 그런데 궁금한 게 있어요. 형은 경성에서 뭐 해요? 학교는 다니다 그만두었다고 하던데."

"그냥 왔다 갔다 돌아다녀."

그러면서 깍두기 형은 잡지 몇 가지를 보여 주었다. 잡지 속에는 오랫동안 동경하던 멋진 모던 걸과 모던 뽀이의 모습이 가득했다.

'같은 하늘 아래에 이런 사람도 살고 있다니!'

인수는 모던 걸과 모던 뽀이의 멋진 모습에 눈이 툭 튀어나올 것만 같았다.

"경성에서 놀다가 재미없어지면 집으로 내려오는 거야. 더욱이 요즘 이 동네에서 신기한 일이 많이 일어난다는 소문이 나서 궁금해서 내려왔지."

"신기한 일이 일어난다고요? 여기에서요?"

인수의 말에 깍두기 형은 빙긋 웃기만 했다.

그렇게 깍두기 형은 동에 번쩍 서에 번쩍 했다. 경성으로 올라갔다 어느 날 기별도 없이 내려오고, 그러다 또다시 바람처럼 경성으로 올라갔다. 참 팔자 좋은 형이었다. 돈 많은 부모의 아들로 태어났다는 게 참 부러웠다.

'나는 돈 없어도 좋으니 엄니, 아부지 둘 중의 한 분만이라도 있었으면 좋겠다.'

인수는 제멋대로 사는 형이 부럽고 좋았다. 그래서 언제부터인가 형을 기다리게 되었다.

야학이 처음 문을 여는 날이었다. 인수는 설레는 마음으로 저녁이 되기를 기다렸다. 그런데 이날 깍두기 형이 경성에서 내려온다고 했다.

"얼른 가서 도련님 좀 모셔 와라. 가방도 들어 주고."

주인아주머니가 자꾸만 인수를 보챘다.

'조금 있으면 스무 살인데……. 가방은 혼자 들면 안 되나?'

인수는 속으로만 투덜거렸다. 아주머니에게 깍두기 형은 목숨보다 더 귀한 아들이었다.

인수는 터덜터덜 기차역 쪽으로 걸어갔다. 기차 구경하는 걸 좋아하는 인수지만 오늘 같은 날은 영 마뜩잖았다.

'또 기차가 연착했나 보네.'

도착할 시간이 넘었는데도 기차는 들어오지 않았다. 붉은 해가 넘어가자 기차역에 하나둘 전깃불이 들어왔다. 역 너머에 있는 조병창 쪽에서도 희미한 불빛이 보였다.

'미쓰비시 군수 공장은 오늘도 늦게까지 일을 하는가 보네. 영삼 형 힘들겠다.'

인수는 고개를 남쪽 언덕으로 돌렸다. 언덕 위 일본 사람들이 사는 동네에도 환하게 불이 들어와 있었다.

뿌앙!

그때 기적 소리와 함께 기차가 도착했다. 기차가 서고, 사람들이 내리는 모습이 보였다. 말쑥하게 차려입은 일본 사람들이 대부분이었다. 기모노를 입은 여자도 보였고 한복을 입은 남자 어른도 보였다. 인수는 어둠 속에서 계속 주위를 두리번거렸다. 저 멀리 빨간 넥타이가 눈에 띄었다. 인수가 달려가며 외쳤다.

"깍두기 형!"

"야, 꼬맹이! 너, 나 마중 나온 거야?"

깍두기 형이 겸연쩍은 듯 들고 있던 가방을 내주었다.

"내가 이 맛에 고향에 온다니까. 나를 이렇게 반갑게 맞이해 주는 데가 어디 있겠어?"

열아홉 살 깍두기 형은 완전히 어린애 같다.

"형, 이번에도 멋진 잡지 갖고 왔어?"

"그럼! 이번에는 이 깍두기 형이 나온 잡지를 보여 줄게."

"진짜로 형이 잡지에 나왔어?"

깍두기 형이 자랑스럽게 고개를 끄덕였다.

"그런데 너 오늘 처음으로 야학 가는 날 아냐?"

'깍두기 형이 그걸 어떻게 알았을까?'

인수는 고개를 갸우뚱했다. 하지만 곧 입을 삐쭉 내밀며 대답했다.

"맞아, 근데 이렇게 형 마중 나왔잖아. 가방 들어 줘야 한다고 아주머니가 나가라고 해서."

그 모습에 깍두기 형이 인수 어깨에 팔을 두르며 말했다.

"미안하다, 동생! 근데 난 네가 이렇게 마중 나와서 얼마나 좋은지 몰라. 야학 첫날인데 늦으면 어떡하지?"

그 말에 인수의 마음이 스르르 녹아내렸다.

'깍두기 형이 나보고 동생이라고 했어, 동생!'

인수는 깍두기 형이 진짜 자기 형이면 좋겠다고 생각했다.

"걱정하지 마. 야학당은 눈 감고도 갈 수 있는 곳이니, 저녁 먹고 달려가도 늦지 않을 거야."

정말 그랬다. 나카마치 거리에서 작은 개울을 건너 걷다 보면 공중화장실이 나오고 미쓰비시 줄집이 나온다. 그리고 또 언덕길을 오르면 기와집이 한 채 있다. 거기가 바로 옛날에는 서당이었지만 지금은 야학을 하는 훈장님 집이다. 눈 감고도 갈 수 있는 곳이다. 한달음에 달려갈 수 있는 곳이다.

신탄상회에 도착하자, 주인아주머니와 아저씨가 저녁 밥상을 차려 놓고 아들을 기다리고 있었다. 상에 앉으면서 깍두기 형이 인수 손을 잡아끌었다.

"같이 먹자, 꼬맹이."

그러자 아주머니가 깍두기 형 몰래 인수에게 눈짓했다.

"같이 먹기는! 인수, 너는 나중에 먹어도 되지?"

늘 그랬다. 주인아주머니와 아저씨가 먹고 나면 그 상을 받아 남은 음식을 먹는 것도 감지덕지한 일이었다.

"엄니, 사람을 그렇게 차별하지 마. 나 얘랑 같이 안 먹으면 밥 안 먹을 거야."

깍두기 형이 어린애처럼 떼를 부렸다. 어이없다는 듯 아주머니가 깍두기 형과 인수를 번갈아 바라보았다. 아주머니는 도저히 아들을 이길 수 없었다.

"그럼 할 수 없지 뭐. 인수, 너도 어서 앉아라."

주인아저씨가 흔쾌하게 허락하자, 아주머니가 어쩔 수 없다는 듯 수저 한 벌을 챙겨 왔다.

'이게 무슨 호사지?'

인수는 상 위 음식을 번개 지나가듯 획 훑어보았다. 평소에는 보기 힘든 음식들이었다.

아주머니는 생선 살을 발라 깍두기 형 숟갈에 얹어 주었다. 깍두기 형은 깔짝깔짝 음식을 먹었다. 주인아주머니와 아저씨는 그런 형을 안타까운 눈빛으로 바라보았다. 그러거나 말거나 인수는 게 눈 감추듯 밥 한 사발을 해치웠다. 모두 깍두기 형 덕분이었다. 먹을 것 때문에 형을 좋아하는 건 아니지만 형 때문에 맛있는 걸 먹을 수 있어 좋았다. 늦었지만 야학에 가려고 하는데 배가 쿡쿡 쑤셔 왔다.

"아, 배 아파."

인수는 찢어질 듯한 아픔에 배를 움켜쥐었다. 인수는 뒷간변소를 완곡하게 이르는 말을 계속 들락날락했다.

'너무 좋은 음식을 먹어서 배 속이 놀랐나?'

그런 인수를 본 깍두기 형이 깜짝 놀라 아주머니를 불렀다.

"엄니, 돈 좀 주세요. 약 좀 사 갖고 오게요."

"약은 뭐 하게?"

"꼬맹이가 아프잖아요."

"그 녀석, 너무 많이 먹어서 그런 거야. 자고 나면 괜찮아질 텐데 그만둬. 뭐 하러 아깝게 돈을 써?"

그러면서도 아주머니는 돈을 내밀었다. 역시 아들을 이길 수는 없었다.

잠시 후, 인수는 다나카 약방에서 형이 사 온 약을 먹고 까무러치듯 잠에 빠져들었다. 꿈속에서 아버지를 만났다. 엄니는 인수를 낳다 죽었기 때문에 얼굴이 전혀 떠오르지 않았다. 하지만 다섯 살 때 연기처럼 사라진 아버지 얼굴은 어렴풋이 기억났다. 아버지는 인수를 향해 미소를 짓고는 아무 말 없이 뒤돌아섰다.

"아부지! 나도 데리고 가요."

인수는 멀어지는 아버지 뒷모습을 향해 소리쳤다.

한숨 자고 일어났더니 깍두기 형이 인수 얼굴을 들여다보고 있었다. 어느새 아침이 된 것이다.

"배 속이 놀랐나 봐. 나라도 놀랐을 거야. 그렇게 많이 먹어치웠으니."

인수의 말에 깍두기 형이 걱정스러운 듯 말했다.

"내가 엄니에게 죽 끓이라고 했으니까 오늘 아침엔 그거 먹어. 그리고 엄니에게 말해 줄 테니 오늘은 좀 쉬어."

형은 그러면서 손에 든 잡지를 팔락거렸다.

"내가 처음으로 연극에 출연했어. 이게 바로 나야. 대사는 없었지만."

잡지 속의 형은 평소 모습과 똑같았다. 빨간 넥타이를 매고 중절모를 쓰고 왔다 갔다 하는 모습이 정말 웃겼다.

"야, 웃지 마. 내가 그래도 경성에서는 유명해."

깍두기 형 말에 의하면 모던 뽀이 복장을 하고 그냥 왔다 갔다만 했는데도 연극에 나와 달라는 요청이 계속 들어왔다고 했다. 그건 아마도 깍두기라는 예명 때문인 것 같다고도 했다.

"꼬맹이, 아무리 힘들어도 꿈은 가져야 돼."

깍두기 형이 어쩐 일인지 심각한 얼굴로 말했다.

"우리 조선이 다시 일어나려면 힘이 있어야 해. 힘은 꿈이 있어야 생기는 거고."

무슨 말인지 도대체 종잡을 수 없었다. 인수가 노래진 얼굴로 말했다.

"형, 나도 꿈은 있어."

"무슨 꿈?"

"조병창에 취직하는 꿈."

그 말을 듣자, 형의 얼굴이 먹구름보다 더 어둡게 변했다. 곧 비가 쏟아질 것 같은 그런 느낌이었다.

"너, 거기가 뭐 하는 곳인 줄은 아냐?"

"그럼, 알지. 무기 만드는 곳이잖아. 난 거기서 영삼 형처럼 무기를 만들 거라고! 돈도 많이 벌고!"

자신만만하게 대답하는 인수를 보더니, 깍두기 형이 갑자기 끼득끼득 웃었다.

"너도나도 일본 똥개가 되고 싶어 안달이 났구나. 내 고향은 적국의 군사 기지가 되고, 내 친구 내 동생들은 적국의 무기를 만들고."

'도대체 무슨 소리를 하는 거지? 똥개는 무슨 말이고 적국은 또 무슨 말이고.'

이 모습을 보니 깍두기 형이 정신이 들락날락한다는 소문이 맞는 것 같았다. 일본에 반대하는 무슨 운동을 하다 잡혀서 고문을 받아 그렇다는 소문 말이다.

'깍두기 형이 일본에 반대하는 운동을 했다고? 설마, 깍두기 형이?'

인수는 고개를 살래살래 저었다.

기차와 아야코

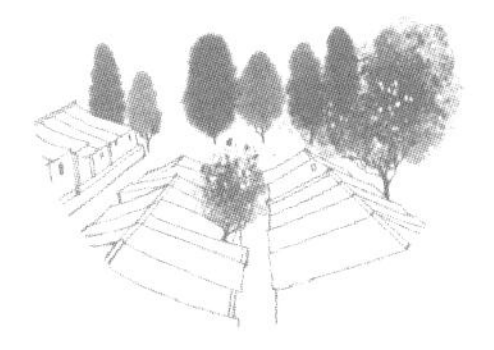

인수는 장작을 실은 지게를 지고 언덕을 올랐다. 일본 사람들이 모여 사는 동네였다. 가파른 언덕은 아니었지만 장작을 진 인수에게는 벅찬 길이었다. 온몸에서 땀이 비 오듯 흘렀다. 등이 배기지 않도록 짚으로 엮어 댄 등태가 자꾸 흘러내리는 바람에 몇 걸음도 못 가서 지게를 내려놓았다. 그러기를 몇 번 인수는 드디어 언덕 위에 도착했다. 땀을 닦으며 기차역을 내려다보았다. 기차는 보이지 않았다. 하루에 서너 차례 드문드문 다니는 기차를 만나는 건 쉬운 일이 아니었다.

오래전 어느 날 밤에 기차역에 처음으로 전깃불이 들어왔다고 해서 동네 사람들과 구경하러 간 적이 있었다. 아마 다섯 살 때쯤이었을 거다. 인수와 동갑인 영팔이와 일곱 살 위인 영삼 형과 함께였다.

“형, 저거 쇠달구지 맞지?”

영팔이의 말에 영삼 형이 말했다.

“달구지가 아니고 기차라고 하는 거다.”

“영삼 형, 나는 저 기차라는 것 타고 꼭 경성에 가 볼 거야.”

인수의 말에 영삼 형이 귀엽다는 듯 쳐다보았다.

“풋, 쪼끄만 녀석이 꿈도 크네. 너 저거 타려면 돈이 얼마나 있어야 하는 줄 알아? 적어도 40전은 있어야 해.”

영삼 형이 그러면서 인수의 더벅머리를 쓰다듬었다. 영삼 형은 친동생인 영팔이보다 인수를 더 귀여워했다.

“40전이나?”

인수가 시무룩한 얼굴로 물었다.

‘1전도 만져 보기 어려운데 40전이라니.’

“근데 너, 경성 가면 뭐 하게?”

“모던 뽀이 만나고 싶대.”

영팔이가 기다렸다는 듯 대신 대답했다.

“뭐라고? 모던 뽀이? 쪼끄만 게 그런 말은 또 어디서 주워들었어?”

영삼 형이 어처구니없는 얼굴로 인수를 바라보았다.

그때 생각을 하며 인수는 피식 헛웃음을 날렸다.

'다섯 살밖에 안 된 게 모던 뽀이를 동경하다니! 그때나 이때나 내가 철이 없긴 없나 봐. 아차차, 배달부터 해야 하는데.'

퍼뜩 정신을 차리고 인수는 재빠르게 발걸음을 돌렸다. 집 짓는다고 한 게 작년 봄이었다. 건축 자재를 실은 트럭이 언덕 위로 올라가는 모습을 온 마을 사람들이 신기한 듯 구경했었다.

"도대체 얼마나 큰 집을 지으려고."

어마어마한 양의 나무와 유리, 시멘트에 사람들은 입을 다물지 못했다.

"높은 사람이 와서 살 거라는구먼."

"높은 사람이면 경성에서 살 것이지 이런 촌구석에는 뭣 때문에?"

"자고 일어나면 공장이 세워지는 걸 두 눈으로 똑바로 봤으면서 그래? 거기 공장 높은 사람이니까 여기에 집을 짓는 거겠지."

"그러니까 앞으로도 일본 사람들이 꾸역꾸역 들어오겠네."

일본이 중일 전쟁을 일으키던 해부터였다. 논과 밭뿐이던 너른들에 소달구지와 마차가 끝도 없이 이어져 오더니 공장이 쑥쑥 세워졌다. 그리고 그 자리에서 농사짓던 사람들은 갈 곳이 없어졌다. 용칠이네도 그랬고, 순자네도 그랬다. 을동이네도 그랬고, 갑순이네도 그랬다.

"앞으로 뭐 먹고 살지? 평생 농사밖에 모르는데……."

용칠이 아부지가 눈물을 훔치며 울먹이던 얼굴이 떠올라 인수는 기분이 울적해졌다.

나무로 지은 2층집은 으리으리했다. 인수의 두 눈이 절로 커졌다. 태어나 한 번도 보지 못한 집이었다.

'어떻게 하면 이런 집에 살 수 있는 거지?'

대문 옆에 걸려 있는 나무 문패가 보였다. '山本太郎'라고 써 있었다.

"야마모토 다로."

인수는 책 읽듯이 소리 내어 읽었다. 학교에서는 늘 이렇게 소리 내어 읽어야 했다. 그렇지 않으면 언제 몽둥이가 등짝을 내리칠지 몰랐다. 철로를 건너 너른들을 따라 걷고 또 걸어도 멀기만 했던 학교였다. 영팔이는 다리가 아프다고 툴툴댔고, 너무 걸어서 배가 꺼졌다고 징징댔다.

멀어도, 툭하면 몽둥이로 맞아도 좋았던 학교. 이제는 다닐 수 없는 학교. 학교 생각을 하니 가슴 한쪽이 아릿해졌다.

"제법인데? 일본 말을 유창하게 읽네."

어디선가 나는 소리에 인수는 퍼뜩 정신을 차리고 고개를 돌렸다. 하얀 원피스를 입은 여자아이가 인수를 빤히 쳐다보고 있었다.

"유모, 우리 장작 시켰어? 작은 애가 장작을 지고 왔네."

작은 애란 소리에 인수는 짙은 눈썹을 일그러뜨렸다.

"사장님이 주문하시고 경성에 가셨나 봐요. 우선 한 지게만 들이고 나중에 필요한 만큼 들인다고 하셨어요."

뱁새눈을 한 유모가 인수에게 손짓을 했다. 인수는 잘 꾸며진 정원을 지나 뒤란으로 갔다. 싱그러운 나무 냄새, 풀 냄새가 코끝을 간지럽혔다.

"여기다 쌓아 놓으면 돼."

그 말을 하며 유모는 보란 듯이 엄지와 집게손가락으로 자신의 코를 세게 잡았다. 인수에게서 나는 냄새가 참기 힘들다는 뜻이다. 그러거나 말거나 인수는 지게를 내려놓고 장작을 차곡차곡 쌓았다. 조선 사람은 사기 힘든 장작이다. 1원 50전이면 지게 한 짐이었던 장작은 가격이 올라 2원어치를 사도 한 짐이 못 됐다. 그런 장작을 일본 사람들은 지붕에 닿도록 쌓아 놓고 산다고 했다.

장작을 내려놓는데 사박사박 발소리가 들려왔다. 여자아이가 장작 쌓는 데까지 따라온 모양이었다. 보이지는 않았지만 등에 시선이 느껴졌다.

'흥, 감시하러 왔나?'

인수는 서둘러 장작을 옮겼다.

"앗!"

인수의 입에서 짧은 비명 소리가 나왔다. 뾰족한 장작개비가 떨어지면서 손등을 세게 내리쳤다. 빨간 피가 손등을 타고 흘러나왔다.

"어머나! 너 왜 그래? 다쳤어?"

여자아이가 놀란 얼굴로 다가오자 인수는 얼른 손을 뒤로 감췄다.

"아, 아니, 아무것도 아냐."

"아무것도 아니긴. 여기 봐. 피가 나고 있잖아."

뒤로 감춘 손등에서 흘러내린 피가 땅바닥에 똑똑 떨어졌다. 땅바닥을 내려다보다 오랫동안 빨지 않아 누렇게 변한 바지가 보였다. 인수의 얼굴이 빨개졌다. 이럴 줄 알았으면 지난번 냇가에 갔을 때 좀 빨아 입을걸.

'심인수, 이제 후회해 봤자 소용없는 일이야!'

그러면서 인수는 다른 한 손으로 제 이마를 콩 쳤다. 그 모습을 보던 여자아이가 까르르 웃었다.

"아, 웃어서 미안. 잠깐만 기다려 봐."

여자아이가 콩콩 뛰어 집안으로 들어갔다. 조금 후에 여자아이가 작은 상자를 들고 나왔다. 여자아이는 그 속에서 붕대를 꺼내어 인수 손등을 매어 주었다.

"상처를 보니 별로 크게 다친 건 아닌데 왜 그렇게 소리를 크게 질렀어?"

"내가?"

"응."

"내가 언제 소리를 질렀다고 그래? 증거 있어? 있으면 내놔 봐."

인수 말에 어이가 없다는 듯 여자아이가 입을 쩍 벌렸다. 어느 틈에 온 유모가 눈을 부라리며 인수를 노려보았다. 인수에게 얼른 가라고 손짓을 했다.

인수는 대문을 나오면서 뒤를 돌아보았다.

'참 희한한 아이야. 일본 사람들은 다 조선 사람들을 깔보고 더럽다고 피하는 줄 알았는데 안 그런 사람도 있네.'

인수는 처음으로 받아 본 친절이 낯설었지만 기분은 하늘을 나는 듯했다.

신탄상회로 돌아가기 전, 인수는 기차역이 잘 내려다보이는 언덕에 자리를 잡았다. 오늘은 꼭 기차를 보고 싶었다. 잠시 기다리니 시꺼먼 기차가 요란한 소리를 내며 달려왔다. 소리도 우렁찼고 굴뚝에서 나는 연기가 하늘로 올라가는 모습도 멋졌다. 넋을 잃고 기차를 바라보는데 뒤에서 누군가 어깨를 톡 쳤다.

"지금 내 기분을 방해하는 게 누구야?"

큰 소리로 말하며 뒤를 돌아보니 방금 전 배달을 다녀온 그

집 아이였다. 붕대로 인수 손을 묶어 준 여자아이.

"너, 일본 말 정말 잘한다."

인수의 귓불이 빨개졌다.

"잠깐 학교 다니면서 배웠어."

"잠깐이라면? 지금은 학교 안 다녀?"

"안 다니는 게 아니고 못 다녀."

"그렇구나."

인수의 대답에 미안한 듯 여자아이가 고개를 숙였다.

'내가 학교를 못 다니게 된 건 이 여자아이와 아무 상관이 없는데 이 아이는 왜 미안해하는 거지?'

"잠깐 다녔는데도 국어를 그렇게 잘할 수 있어?"

"국어?"

그러자 또 여자아이가 미안한 듯 중얼거렸다.

"그렇지. 너한테 국어는 일본 말이 아니고 조선말이지."

여자아이는 또 미안해했다. 인수는 분위기를 바꿀 양으로 너스레를 떨었다.

"내가 냄새도 나고, 차림새는 좀 이래도 머리 하나는 끝내주게 좋거든."

그 말에 여자아이가 까르르 웃었다.

"너같이 재미있는 아이는 처음 봤어. 아차차, 우리 이름도 서로 모르는구나. 내 이름은 야마모토 아야코. 엄마가 들꽃 향기를 좋아해서 그렇게 지었대. 지금은 하늘 나라에 계시지만…….”

‘아, 이 아이도 나랑 똑같이 엄마가 안 계시는구나.’

인수는 공통점을 하나 찾은 것 같아 왠지 좋았다.

“내 이름은 심인수. 어질 인(仁) 자에 빼어날 수(秀). 엄마는 나를 낳다가 하늘 나라로 가셨다니까 아마도 이름은 아버지가 지으셨겠지.”

“너랑 잘 어울리는 이름이야. 학교는 너같이 머리 좋은 아이가 다녀야 하는데……. 나는 공부하는 게 너무 싫어.”

아야코가 얼굴을 붉히면서 중얼거렸다.

“학교 대신 서당에서 하는 야학에 가면 돼. 훈장님이 좀 따분하긴 하지만.”

“서당? 야학? 조선에는 그런 게 있구나. 나도 한번 그런 곳에 가 보고 싶다. 근데 너 기차 좋아하는구나. 나도 좋아하는데.”

그러면서 아야코가 시무룩한 얼굴로 말했다.

“나는 오사카 생각이 나면 기차를 봐. 너는?”

‘오사카? 오사카가 어디지?’

인수는 당황하여 머리를 굴렸다. 하지만 아무것도 떠오르지 않았다.

"나? 나는 그냥 봐."

말은 그렇게 했지만 인수는 기차를 타고 어딘가로 떠나고 싶었다.

'기차를 타고 마냥 가다 보면 혹시 아버지를 만날 수도 있지 않을까?'

"오사카는 내가 태어난 고향이야. 오사카에서 배를 타고 부산까지 와서 기차를 타고 경성으로 갔어. 경성에서 또 기차를 타고 여기로 왔거든. 그래서 오사카를 생각하면 제일 먼저 기차가 생각나."

그때 저 멀리서 유모가 헐레벌떡 달려왔다. 유모는 뱁새눈을 치켜뜨고 인수에게 다가와 속삭였다.

"얼른 꺼져! 뭘 얻어먹겠다고 우리 아가씨에게 들러붙어 있는 거야? 이 거지 같은 자식아."

인수는 깜짝 놀라 유모를 쳐다봤다. 조선말이었다.

인수는 재빠르게 조선말로 대꾸했다.

"그러니까 당신도 조선 사람이었군요. 조선 사람으로 태어난 게 무슨 죄인가요? 조선 사람을 이렇게 막 대하면 당신이 일본 사람이 되기라도 한답니까?"

유모는 인수의 서슬 퍼런 말투와 눈빛에 움츠러들 듯 돌아섰다. 하지만 곧 아무 일도 없었던 듯 웃으며 일본 말로 말했다.

“아가씨, 조선 아이를 가까이 하면 안 되어요. 조선 아이들은 잘 씻지 않아 병을 옮길 수도 있거든요. 또 조선 아이들에게는 잘해 줘선 안 돼요. 거지 근성이 있어서 한번 잘해 주면 계속 잘해 주길 바라지요.”

“유모, 그만해. 쟤, 다 알아들어.”

유모는 입가에 미소를 띠고 인수를 바라보았다. 그 모습에 인수는 두 팔뚝에 오소소 소름이 돋았다.

‘왜 조선 사람이라고 막 대하고 무시하는 걸까? 자기도 조선 사람이면서.’

아야코가 유모 손에 이끌려 돌아섰다. 그리고 미안한 듯 인수에게 손을 흔들었다. 인수도 따라 손을 흔들었다.

인수는 멀어져 가는 두 사람을 바라보며 내리막길로 접어들었다. 아야코가 매 준 붕대를 내려다보았다. 유모 생각을 하면 기분이 나빴지만 아야코 생각을 하면 기분이 좋았다. 괜히 실실 웃음이 나왔다. 그 아이는 지금까지 만난 일본 아이들과는 많이 달랐다.

야학

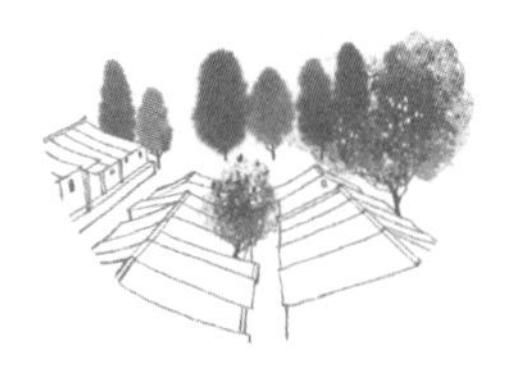

어둠이 소리도 없이 내려왔다. 인수는 엉덩이를 들썩들썩했다. 자꾸만 바깥을 내다보았다. 주인아주머니 입에서 "오늘 일은 끝났다. 그러니 이제부터 자유 시간이다."라는 말이 나오기를 기다렸다.

밖이 깜깜해져서 지나다니는 사람이 없는데도 아주머니는 가게 문 닫을 생각을 안 했다. 혹시라도 찾아오는 손님을 놓칠까 봐서다.

"인수야, 야학 안 가니? 늦은 것 같은데."

그때 구세주가 나타났다. 깍두기 형이었다. 누가 봐도 멋진 모던 뽀이의 모습이었다.

"너는 이 늦은 밤에 어디를 가려고?"

아주머니의 말에 깍두기 형이 씩 웃었다.

"하도 심심해서 인수 따라 야학에나 가 보려고요."

"거긴 뭐 하러 가? 소문을 듣자니 일본 경찰들이 눈을 부릅뜨고 감시하고 있다는데."

"그놈들 참 할 일도 없네. 애들이 공부하는 야학을 감시해서 뭘 얻어먹겠다고!"

"쉿! 얘가 못하는 소리가 없네. '밤말은 쥐가 듣고 낮말은 새가 듣는다.'는 말도 있어."

아주머니가 집게손가락을 입술에 대고 주위를 두리번거렸다. 중일 전쟁을 일으키고 승승장구하던 일본이 교착 상태에 빠지면서 또 다른 전쟁을 준비하고 있던 때라서 사회 분위기가 뒤숭숭했다.

"엄니, 걱정 마셔요. 쥐들은 죄다 정미소로 가 버렸으니 밤말들을 쥐 여기 하나도 없어요."

깍두기 형의 농담에 인수가 키득키득 웃었다. 그러자 아주머니가 인수를 보고 눈을 한 번 흘기더니 깍두기 형에게 다정하게 물었다.

"그나저나 경성에는 언제 올라갈 거야? 연극한다면서 이렇게 오래 자리 비워도 되나?"

"언제는 경성에 올라가서 뭐 하냐고 잔소리하더니 이제는 안 올라가냐고 성화예요? 올라갈 때가 되면 올라갈 테니 걱정은 콱 붙들어 매시라고요."

그러면서 깍두기 형은 인수가 가게 문 닫는 걸 도와주었다.

인수는 깍두기 형과 함께 나카마치 거리를 쭉 지나 개울을 건너 살근다리 주막을 지났다. 동네 사람들이 깍두기 형을 보고 수군거렸다.

"경성 멋쟁이가 여기는 웬일이요?"

아궁이 재를 길바닥에 버리던 아낙들이 깍두기 형을 보고 놀라 눈을 동그랗게 떴다.

"이런 촌구석에도 저런 멋쟁이가 있다니!"

그때 아기를 업은 아낙이 재를 들고 나와 길바닥에 확 뿌렸다. 재가 날려 앞이 안 보였다. 게다가 눈도 따가웠다.

"아주머니, 재를 이렇게 함부로 버리면 어떡해요?"

인수의 말에 아낙이 짜증스러운 목소리로 말했다.

"그러면 네가 대신 버려 주든가. 일본 놈들 등쌀에 먹고살기 힘들어 죽겠는데 너까지 잔소리야?"

그러자 주위에 있던 다른 아낙이 거들었다.

"그래, 나는 청양댁 말이 이해가 간다. 일본의 식민지가 되었으니까 잘살게 될 거라고 반장이 떠벌리고 다니더니만 나아진 게 도대체 뭐가 있어?"

"이제는 창씨개명'일본식 성명 강요'의 전 용어하라고 성화를 대니 참말이지 못 살겠다."

아낙들은 화풀이할 대상을 만났다는 듯 너도나도 인수에게 한마디씩 했다.

'아이 씨, 내가 뭐 그렇게 잘못했다고.'

인수가 깍두기 형 뒤로 숨으며 투덜거렸다. 그러자 깍두기 형이 인수를 앞으로 잡아당겼다.

"인수야, 얼른 사과해야지. 뭐 하고 있어?"

인수가 억울하다는 듯 입을 쑥 내밀었다. 그러자 재를 버렸던 아낙이 겸연쩍은 말로 말했다.

"모던 뽀이 양반! 됐어, 그만둬. 이 녀석이 틀린 말을 한 건 아니지 뭐. 내가 살기 팍팍하다 보니까 괜히 성질이 났던 거야."

"맞아, 맞아. 우리가 왜 이렇게 성정이 점점 나빠지지?"

"곳간에서 인심 난다고, 먹고살기 힘들어서 그렇지 뭐."

아낙들의 말을 들으며 인수와 깍두기 형은 서당으로 향했다. 인수는 괜히 땅바닥을 툭툭 차며 걸었다. 그러자 깍두기 형이 인수에게 다정하게 말을 건넸다.

"인수야, 솔직히 말하면 네가 잘못한 건 하나도 없어. 근데 거기서 네 편을 들 수는 없잖아."

그건 맞는 소리였다. 인수는 이해한다는 듯 고개를 끄덕였다.

그러자 깍두기 형이 물었다.

“살기 어려워 끼니도 제대로 잇지 못하는 이웃들을 보니 어떤 생각이 드니?”

“어떤 생각이라니?”

인수가 되물었다.

“왜 백성들이 이렇게 살기 힘들어졌는지 생각해 보란 얘기야. 일본이 들어오기 전까지 우리가 가난하기는 했어도 이렇게 팍팍하지는 않았어. 그들은 철도 놔 주고 공장 세워 주고 우리를 근대화시킨다고 큰소리치지만 우리는 받은 것보다 뺏긴 게 훨씬 더 많아.”

‘뺏긴 것이 더 많다고?’

인수는 이해가 되지 않아 고개를 갸우뚱했다.

‘철도가 생기고 기차가 먼 데까지 다니고, 공장이 많이 생겨 사람들이 월급도 받는데. 그리고 얼마 전에는 수도도 들어왔는데. 그것 말고도 좋은 것들이 얼마나 많이 들어왔는데.’

인수는 아무리 생각해도 받은 게 많은 것 같았다. 깍두기 형이 차분한 목소리로 말을 이었다.

“잘 생각해 봐. 우리는 가장 중요한 것들을 빼앗겼어. 우리글과 우리말을 마음대로 쓸 수 없다는 것. 또 우리 땅인데 우리가 주인이 아니라는 것.”

깍두기 형은 인수가 이해할 수 없는 말들을 했다. 깍두기 형이 이렇게 심각하게 말하는 건 처음 보았다.

'나는 일본 말로 얘기를 할 때 좋았나? 히라가나일본 문자의 하나로 글을 쓸 때 편했나?'

몇 번을 생각해 보아도 그건 아니었다. 일본 말로 이야기하고 히라가나, 가타카나일본 문자의 하나로 글을 쓸 때는 늘 긴장했고 어려웠다.

'왜 우리는 꼭 일본 말로 얘기하고 히라가나, 가타카나로 글을 써야 하는 거지? 식민지가 되면 우리말과 우리글을 버려야 하는 걸까?'

인수는 오랜만에 골치 아픈 생각을 해 보았다. 한 번도 깊이 생각해 보지 않았던 거였다.

'깍두기 형이 왜 이런 얘기를 나한테 하지? 깍두기 형은 무엇 하나 부족한 것 없이 자기 마음대로 할 수 있어서 남이 사는 거에는 별로 관심 없는 줄 알았는데.'

인수는 문득 깍두기 형이 겉보기와는 다른 점이 많다는 걸 깨달았다.

기다랗게 줄지어 있는 미쓰비시 줄집을 지날 때였다. 깍두기 형이 중얼거리듯 말했다.

"영삼이는 퇴근을 했나?"

"어? 영삼이 형을 알아?"

"이렇게 작은 시골 동네에서 모르는 사람이 어디 있어? 다 이웃이고 친구고 그렇지."

인수가 미쓰비시 줄집을 가리키며 말했다.

"영삼 형은 저기 2호집에 살아. 나도 얼마 전까지 거기 살았고. 근데 형은 아마 집에 없을 거야. 잔업을 하는지 밤늦게 들어오는 날이 많거든."

깍두기 형은 서당에 도착할 때까지 아무 말이 없었다. 무슨 생각에 잠겨 있는 것 같았다.

'깍두기 형의 본모습은 무엇일까? 어떤 날은 멋 내기 좋아하는 모던 뽀이인 것 같고, 또 어떤 날은 나라를 걱정하는 애국지사인 것도 같고.'

그러면서 인수는 자신의 본모습도 하나가 아니고 두 가지일 수도 있다는 생각을 했다.

드디어 서당에 도착했다. 서당 안이 아이들로 복작복작했다. 예전에는 바닥에 앉아서 공부했는데 지금은 책걸상에서 공부한다. 인수를 본 기철이가 손짓을 했다. 인수는 기철이 옆에 자리를 잡았다. 한문과 예절을 주로 가르치던 서당은 이제 일본 말도 가르친다. 반드시 일본 말을 가르쳐야 한다는 지시가 내려왔기 때문이다. 훈장님 말고 또 한 명의 선생님이 있어서 일본 말을 가르친다고 했다.

훈장님 말에 의하면 조병창 때문에 많은 사람이 농토를 잃었다고 했다. 너른들에서 땅을 갈고 푸성귀를 심어 그나마 목구멍에 풀칠하던 사람들을 내쫓은 이유가 조병창 때문이란 거다.

"훈장님! 그래도 용칠이네는 경성으로 이사 갔어요. 경성은 여기보다 훨씬 멋진 곳이잖아요."

기철이의 말에 훈장님이 혀를 쯧쯧 찼다.

"평생 농사만 짓던 사람이 경성 가서 뭐 해 먹고 살겠나? 들리는 소문에 의하면 집도 없어 다리 밑에서 거지와 다름없는 생활을 하고 있다고 하던데."

"우리처럼 토막집이라도 지으면 될 텐데."

경자의 말에 몇몇 아이들이 고개를 끄덕였다. 모두 토막집에 사는 아이들이었다.

"경성에서는 토막집도 못 짓고 살아. 일본 놈들이 꼴사납다고 모두 헐어 버렸어."

인수를 따라온 깍두기 형이 한마디 했다. '아아' 토막집에 사는 아이들의 입에서 한숨이 쏟아져 나왔다. 자기네들도 그렇게 되면 어떡하나 걱정이 되어서였다.

"여기는 경성하고 한참 떨어진 농촌이니까 괜찮아."

깍두기 형이 아이들을 안심시켰다.

"그러니까 조병창이란 곳은 여기 사는 사람들을 내쫓고, 게다가 우리나라 청년들을 강제로 끌고 와 힘든 일을 시키고, 무기를 만드는 곳이기 때문에 안 좋은 곳이란 뜻이야."

깍두기 형의 말에 인수가 얼른 말했다.

"난 그렇게 생각하지 않아. 난 꼭 조병창에 취직하고 싶단 말이야."

훈장님이 눈을 크게 떴다.

"조병창에 취직하고 싶은 이유가 뭐냐? 돈을 벌려고?"

"돈도 벌고 무기도 만들고요."

"무기를 만드는 게 그렇게도 좋나?"

"그럼요! 무기를 만드는 사람, 멋있잖아요. 신탄상회에 다녀도 월급을 못 받는데 거긴 월급도 주잖아요. 게다가 무기도 만들고 얼마나 멋져요?"

인수의 말에 훈장님이 땅이 꺼질 듯 한숨을 내쉬었다. 인수는 훈장님이 왜 그러시는지 잘 안다. 훈장님은 일본이라는 나라를 싫어하고 일본 사람도 싫어하고 그러니까 일본 사람이 세운 공장은 무조건 나쁘다고 생각하는 거다. 그렇지만 인수는 훈장님과 생각이 달랐다.

이상한 모임

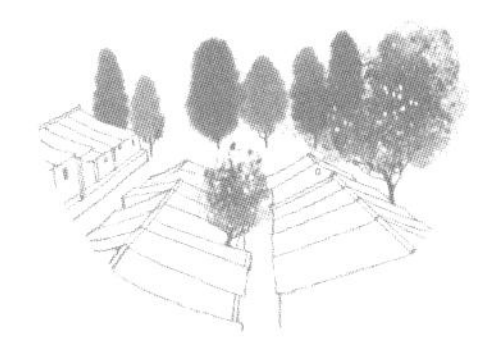

깍두기 형이 인수를 위해 나카마치 거리에 있는 문방구에서 필기도구와 교재를 사 갖고 왔다.

"공부하려고 마음먹었으면 빠지지 말고 잘 다녀. 물론 내가 그런 말 안 해도 알아서 잘할 테지만."

야학은 수업료가 없었다. 하지만 공부를 하려니 필요한 게 자꾸만 생겼다. 그중 가장 필요한 것을 깍두기 형이 사 온 것이었다.

"역사 과목도 있어야 하는데. 훈장님에게 건의 좀 해 봐야겠어."

그러면서 깍두기 형은 저녁마다 인수를 따라나섰다. 그런 아들을 주인아주머니와 아저씨는 불안한 눈빛으로 바라보았다.

깍두기 형은 아이들에게 인기가 많았다. 특히 경성 이야기를 해 줄 때는 아이들의 눈빛이 초롱초롱해졌다. 공부할 때는 꾸벅꾸벅 졸던 아이들도 이때만큼은 한 명도 졸지 않았다.

공부가 거의 끝날 무렵 문 밖으로 영팔이 얼굴이 삐쭉 보였다. 줄집과 서당은 가까워서 서당 마당은 아이들의 놀이터였다. 그런데 영팔이는 혼자만 학교에 다니는 게 미안해서 그런지 요즘 서당에 놀러 오지 않았다.

"영팔이구나. 어서 들어와라."

훈장님 손짓에 영팔이가 쭈뼛쭈뼛 얼굴을 디밀었다.

"인수 왔어요?"

"인수 여기 있으니 들어오너라."

"저기 저… 어, 엄마가 이, 인수 좀 데, 데리고 오라고 해서요."

"아니, 영팔이 저 자식은 일본 말을 하는 것도 아닌데 왜 저렇게 더듬거리지?"

기철이가 인수 옆구리를 쿡 찌르며 말했다.

"긴장해서 그런가? 여기는 학교와 분위기가 달라서 긴장할 필요가 없는데."

인수가 고개를 갸우뚱했다. 제 나라 말도 더듬거리는 영팔이를 보니 안타까운 마음이 들었다.

"마침 공부가 다 끝났다. 그런데 김화댁 아주머니는 이 밤중에 인수를 왜 찾는 거냐?"

훈장님의 물음에 영팔이가 또다시 더듬거리며 대답했다.

"모, 몰라요. 그냥 데리고 오래요."

순간, 인수는 영팔이가 무엇 때문에 여기 왔는지 짐작이 갔다. 저렇게 더듬거리며 쩔쩔매는 걸 보니 뭔가 부탁할 일이 있는 게 분명했다.

인수는 영팔이와 함께 줄집으로 왔다. 줄집은 변한 게 하나도 없었다. 동굴같이 어두컴컴한 부엌을 지나 방에 들어갔다. 방은 그나마 좀 나았다. 희미한 전등불이 있었기 때문이다. 그런데 방에는 아무도 없었다.

"아주머니는? 영순 누나는?"

"엄마는 이웃으로 마실 갔고, 누나도 친구네 집에 놀러 갔어. 영삼 형은 아직 안 들어왔고."

"너 심심해서 나 불렀구나?"

"아냐."

"그럼 혼자 있기 무서워서? 너 겁보잖아!"

다른 때 같았으면 인수의 말에 펄쩍 뛰었을 텐데 영팔이는 아무 말도 하지 않았다. 대신 다짜고짜 인수 손을 잡았다.

"인수야, 나 숙제하는 것 좀 도와줘. 이거 내일까지 외워 가지 못하면 카네츠카 선생님한테 종아리 맞을 거야. 그 선생님이 얼마나 세게 때리는지 너도 알지?"

"그럼, 알지! 나 한 대 맞고 기절했잖아."

영팔이가 죽는소리를 하며 다시 말했다.

"제발 나 좀 도와주라. 네가 안 도와주면 나도 내일 매 맞고 기절할지도 몰라."

그러면서 영팔이는 '황국 신민 서사'를 꺼냈다. 학교에서 매일 아침마다 공부 시작하기 전에 외워야 하는 황국 신민 서사를 보자, 인수는 반가운 마음이 들었다. 반에서 황국 신민 서사를 가장 먼저 외운 게 바로 인수였다. 인수는 그때 생각을 하며 똑똑한 목소리로 읽어 내려갔다.

① 우리는 대일본 제국의 신민입니다.
② 우리는 마음을 모아 천황 폐하께 충의를 다하겠습니다.
③ 우리는 괴로움을 참고 몸과 마음을 단련하여 훌륭하고 강한 국민이 되겠습니다.

"자, 따라 해 봐. 우리는 대일본 제국의 신민입니다!"

영팔이가 천천히 따라 읽었다. '우리는'까지는 자신 있게 말하는데 그다음부터가 문제였다. 부드럽게 이어서 읽지를 못하고 자꾸만 중간에 멈췄다.

"영팔아, 너 왜 이렇게 더듬거려? 보고 읽는 것도 잘 못하면 어떡해?"

영팔이는 긴장할 때 빼고는 별로 더듬거리지 않는데, 이상하게 일본 말만 나왔다 하면 심하게 더듬거렸다.

"이걸 아직도 못 외웠단 말이야? 학교를 그렇게 오래 다녔는데도 일본 말이 이 정도야?"

인수가 한심하다는 듯 영팔이 얼굴을 쳐다보았다.

영팔이가 고개를 푹 숙였다. 그걸 보자 왠지 안됐다는 생각이 들었다. 카네츠카 선생이 무지막지하게 몽둥이를 내리치는 장면이 떠올랐다. 그러자 온몸이 부르르 떨려 왔다. 한편으로는 영팔이가 황국 신민 서사를 줄줄줄 외우게 도와줘서 카네츠카 선생을 깜짝 놀라게 하고 싶은 마음도 있었다.

"천천히 나랑 해 보자. 외울 때까지 하는 거야."

인수가 또박또박 읽어 내려가면 그다음은 영팔이가 따라서 읽었다. 이럴 땐 반복이 최고다. 인수는 자신이 일본 말을 잘하게 된 건 계속 반복해서 연습했기 때문이라는 것을 안다. 영팔이는 마음이 급했는지 제법 잘 따라 했다. 영팔이는 인수가 하라는 대로 읽고 또 읽었다.

"영팔아, 이 정도면 내일 카네츠카 선생님에게 종아리 맞을 일은 없겠다."

영팔이가 들릴 듯 말 듯 작은 목소리로 말했다.

"인수야, 고마워. 다음에 또 부탁해도 되지?"

영팔이는 처음으로 고맙다는 소리를 했다.

'그동안 책보도 들어 주고, 숙제도 해 주고 대신해 준 게 얼마나 많았는데……. 줄집에 함께 살 때는 그렇게 못되게 굴더니 무슨 일이지?'

인수는 고개를 갸우뚱하며 줄집을 나왔다. 달이 덩두렷이사물의 모습이 웅장하게 높으며 분명함을 뜻하는 말 떠올라 밤길이 어둡게 느껴지지는 않았다.

'깍두기 형은 벌써 집에 갔겠지?'

나카마치 거리로 향하려다 인수는 발길을 돌려 밤솔산 기슭 쪽으로 걸어갔다. 서당이 있는 쪽이었다. 먼 산에서 부엉이 소리가 들려왔다. 온 사위가 조용한 가운데 서당이 가까워질수록 속닥속닥 사람 말소리가 들렸다.

'어, 이게 무슨 소리지? 훈장님 방에는 분명 불이 꺼져 있는데 이상하네?'

인수는 훈장님이 주무시는 사랑채 쪽으로 살금살금 걸어갔다. 댓돌 위에는 훈장님 신발이 있었다. 하지만 방에는 훈장님 한 사람만 있는 것 같지 않았다. 숨죽여 말하는 목소리가 가늘게 새어 나왔다. 인수는 쪽마루에 살짝 올라가 장지문에 귀를 댔다.

"조병청장이 경성에서 야마모토 다로와 비밀리에 만났다는 게 사실인가?"

낮은 목소리가 들렸다. 훈장님의 목소리였다.

"예, 그렇다니까요. 경성에서 제 두 눈으로 확인한 겁니다."

젊은 남자가 대답했다.

'야마모토 다로? 어디서 들어 본 이름인데?'

인수는 고개를 갸우뚱했다. 학교 다닐 때 책에서 읽은 인물 이름 같기도 하고 가게 단골손님 이름인 것도 같았다.

그때 또 다른 목소리가 속삭이듯 말했다.

"그렇다면 훈장님 말씀대로 육군 조병창의 계획이 맞네요."

"작년 12월에 일본이 진주만 공격을 하고 나서 뭔가 일을 꾸미는 것 같아요. 이상한 흐름이 느껴져요."

또 다른 젊은 남자 목소리가 들렸다.

"내가 받은 정보에 의하면 일본 육군이 비밀리에 일을 벌이는 중이라고 한다."

훈장님의 굵은 목소리가 들려왔다.

"설계도가 거의 완성된 모양입니다."

익숙한 목소리였다. 인수는 궁금증에 저도 모르게 장지문 뚫린 구멍에 한쪽 눈을 갖다 댔다. 가슴이 쿵덕쿵덕 뛰었다. 방 안에는 세 남자가 머리를 맞대고 있었다.

'어? 깍두기 형과 영삼 형이다!'

어둠 속이었지만 확실했다. 인수는 놀라 하마터면 뒤로 자빠질 뻔했다. 간신히 정신을 차리고 이야기에 집중했다. 가슴이 여전히 쿵덕쿵덕 뛰었다.

"어떡해서든 설계도를 손에 넣어야 하는데."

훈장님의 말에 영삼 형이 조심스레 말했다.

"쉽지는 않겠지만 해 봐야죠."

"휴, 도대체 일본의 야욕은 어디까지인지……."

깍두기 형이 긴 한숨을 내쉬었다.

'훈장님과 깍두기 형, 영삼 형이 왜 같이 있는 거지? 그것도 한밤중에.'

인수는 혹시라도 누군가 이 근처에 올까 봐 잠시 주위를 서성였다. 외진 산 밑이어서 그런지 사람의 기척은 없었다.

신탄상회로 돌아와서도 인수는 한참 동안 고개를 갸우뚱했다. 아무리 생각해도 이상한 모임이었다. 전혀 어울리지 않는 조합이었다. 한 사람은 고리타분한 사고방식을 가진 훈장님, 훈장님은 군수 공장을 엄청 싫어한다. 그리고 또 한 사람, 영삼 형은 그 군수 공장에 다니는 노동자다. 마지막 한 사람은 경성을 오르내리며 멋 내고 돈 쓰는 걸 좋아하는 부잣집 도련님이다. 세 사람에게서는 공통점을 찾기보다 다른 점을 찾는 게 훨씬 쉬웠다. 공통점이라야 영삼 형과 깍두기 형의 나이가 같다는 것 한 가지뿐.

그런데 그 세 사람이 모두가 잠이 든 한밤중에 모여 뭔가를 수군거린다. 수군거린다는 것은 남에게 들키기 싫어서 하는 행동이다.

'뭐지? 뭐지?'

인수는 머리를 짜내어 답을 찾으려 했다.

'분명 뭘 꾸미고 있는 건데 그게 도대체 뭘까?'

한참을 그러다 인수는 그대로 곯아떨어졌다. 너무나 피곤한 하루였다.

다시 만난 아야코

더위가 절정에 이르렀다. 가만히 있어도 땀이 주르르 흘렀다. 동네 아이들이 우르르 밤솔산 너머 냇물로 멱 감으러 갔다.

'부럽다. 작년에는 나도 저렇게 멱 감으러 다녔는데.'

올해는 꿈도 못 꿀 일이다. 가게에 매인 몸이어서 그렇다. 하지만 희망이 아주 없는 것도 아니다. 깍두기 형이 염전에 데리고 가 준다고 했으니까. 그런데 경성에 간 형은 소식이 없었다.

'기차도 태워 주고, 염전에 가서 수영도 하며 같이 놀자고 하더니.'

여름이면 열세 살 넘은 큰 아이들은 걸어서 염전에 다녀오곤 했다. 짠물에서 수영하면 벌레에 물린 부스럼이 낫는다고 했다. 거기다 조개도 많이 잡을 수 있으니 일석이조라고 했다. 기차 타고 가면 금방이지만 아이들은 돈이 없으니 걸어서 갈 수밖에 없었다.

'나도 올해 열세 살이어서 갈 수 있는데…….'

그렇지만 주인아주머니가 허락해 줄 리가 없다. 여름이라고 해서 사람들이 땔감을 쓰지 않는 건 아니기 때문에 하루도 쉴 수가 없다. 홑저고리만 입었는데도 땀이 줄줄 흐르는 날이었다. 주인아주머니가 연신 부채를 부치며 말했다.

"철로 건너 새로 생긴 학교 알지? 비 쏟아질 것 같으니까 얼른 숯 가져다주고 와라. 요즘은 비가 내렸다 하면 폭우라서 온통 물에 잠겨 버리니, 쯧쯧."

주인아주머니는 며칠 전에 내린 폭우로 순식간에 너른들이 잠겨 몇몇 사람들이 물에 빠져 죽었다는 기사를 본 모양이었다. 인수는 어릴 때부터 여름 장마철에는 너른들 쪽으로 놀러 가면 안 된다는 소리를 귀에 못이 박히도록 들었다.

철로를 건너면 왼쪽에는 영삼 형이 다니는 미쓰비시 공장과 조병창이 있고, 오른쪽으로 걸어가면 너른들이 나온다. 옛날에는 끝없이 펼쳐진 들판밖에는 아무것도 보이지 않았는데 지금은 별의별 공장이 들쭉날쭉 서 있다.

너른 들판에서 이리 뛰고 저리 뛰어다니며 메뚜기를 잡던 기억이 떠올랐다. 집에 올 때면 강아지풀에 줄줄이 메뚜기를 꿰어 갖고 왔다. 잡은 메뚜기는 아궁이의 남은 재에 올려놓고 구워 먹었다. 입안에 쏙 넣어 아득아득 씹어 먹으면 고소한 맛이 세상 부러울 게 없었다.

인수는 멍하니 너른들을 바라보았다. 그러다 발걸음을 왼쪽으로 돌렸다. 조금 걸으니 학교 건물이 나왔다. 작년 3월에 생긴 학교다. 아이들은 수업이 모두 끝나 집에 간 모양이었다. 인수는 학교 건물 뒤편 숙직실에 숯을 내려놓았다.

'여기 학교는 가까워서 다니기 좋겠다.'

하지만 이 학교는 일본 아이들만 다닐 수 있는 학교다. 얼핏 보아도 시설이 달랐다. 복도 마루는 반짝거렸고 운동장에는 갖가지 놀이 기구가 있었다.

터덜터덜 교문을 나와 인수는 자신도 모르게 너른들 쪽으로 향했다. 학교 다닐 때 늘 보았던 출렁이는 초록색 벼가 눈에 들어왔다. 벼 줄기에 간당간당 붙어 있는 메뚜기도 보였다.

인수는 지게를 내려놓고 논두렁으로 내려갔다. 살금살금 내려가 벼 줄기에 붙어 있는 메뚜기를 잽싸게 잡았다. 메뚜기를 꿰려고 강아지풀을 찾고 있는데 누군가 뒤에서 말을 붙였다.

"그거 그냥 놔주면 안 돼?"

돌아보니 낯익은 얼굴이 인수에게 미소 짓고 있었다.

"엇, 너는?"

"그래, 맞아. 나야, 아야코."

인수는 아야코를 처음 만났던 때가 떠올랐다. 배달꾼에게도 따뜻하게 친절을 베풀던 아이. 기차를 보면 고향 오사카가 생각난다던 아이.

"네, 네가 여, 여기는 어, 어쩐 일로?"

긴장하면 말을 더듬는 영팔이처럼 인수는 말을 더듬거렸다. 부끄러운 생각에 얼굴이 화끈거렸다.

"공부 끝나고 집에 가는 길인데 친구들과 한번 와 봤어. 풍경이 너무 예뻐서."

그러고 보니 아야코 옆에 여자아이 두 명이 새초롬히 서 있었다.

아야코는 들판과 어울리지 않을 것만 같은 아이였다. 그런데 참 묘했다. 초록 들판에 서 있는 아야코의 모습은 그냥 한 폭의 그림이었다. 하얀 세일러복을 입고 빨간 가방을 맨 아야코가 너무 예뻐 인수는 정신이 아득해질 지경이었다.

아야코는 인수의 손 안에 든 메뚜기를 뚫어지게 바라보았다.

"그거 그냥 놔주면 안 돼?"

인수가 손바닥을 쫙 펼쳤다. 메뚜기가 날개를 한껏 편 채 파다다닥 소리를 내며 날아갔다. 그 모습을 보니 가슴이 벅차오를 만큼 흐뭇했다.

'누군가에게 자유를 준다는 게 이런 기분이겠구나.'

인수는 그런 생각을 하며 싱긋 웃었다.

"고마워."

아야코가 활짝 웃으며 말했다.

"뭐가?"

"메뚜기에게 자유를 줘서."

그때 아야코 옆에 있는 여자아이 중 한 명이 불만 가득한 얼굴로 말했다.

"아야코, 너는 왜 조선 아이랑 말을 하는 거야?"

"요코, 조선 아이랑 말하면 왜 안 되는데?"

요코라는 아이가 뾰로통한 얼굴로 대답했다.

"조선 아이랑 말하면 안 되는 이유. 첫째, 조선 아이들은 더럽다. 둘째, 조선 아이들은 거짓말을 잘한다. 셋째, 조선 아이들은……."

"요코 짱, 그만!"

아야코가 큰 소리로 외쳤다. 그러자 요코의 얼굴이 빨갛게 변했다.

"아야코, 지금 나한테 소리 지른 거야?"

그러자 옆에 서 있던 다른 여자아이가 새쭉거리며 말했다.

"요코, 우리 집에 가자. 아야코는 우리보다 조선 아이가 더 중요한가 봐."

"그래, 유키 짱. 네 말이 맞아. 기분 나빠. 집에 가자!"

요코가 유키의 손을 홱 잡아끌었다.

"누가 더 중요하고 안 중요하고의 문제가 아니야. 사람을 앞에 세워 놓고 그딴 말을 하는 건 예의가 아니라고 생각해."

"그딴 말이라니! 내가 뭐 틀린 말을 했어? 학교에서도 그렇게 배웠잖아!"

그러면서 두 아이는 뒤도 안 돌아보고 달려갔다. 인수가 머쓱한 표정으로 아야코에게 말했다.

"괜히 나 때문에."

"후유, 너 때문이 아니고 저 애들 때문이지."

아야코가 한숨을 내쉬었다. 인수는 그런 아야코를 쳐다보며 속으로 생각했다.

'아야코는 다른 일본 아이들하고는 달라도 한참 달라.'

인수는 아야코 가방을 빤히 쳐다보았다.

"근데 학교 끝났는데 왜 집에 안 가고 여기에 왔어?"

"집에 가면 뭐 해? 얘기할 사람도 없고. 유모도 식모도 운전사도 다 내 비위만 맞추려고 하는 사람들이잖아. 학교에 가도 그래. 난 일본 아이들하고도 친해지는 게 쉽지 않아. 그 아이들은 자신들이 특별난 존재라고 여기고 조선 아이들을 마치 발톱의 때처럼 여기잖아."

"발톱의 때?"

그 말을 하면서 인수는 제 발을 내려다보았다. 찢어진 고무신 사이로 혹시라도 발톱에 낀 때가 보일까 봐 걱정이 되었다. 그래서 있는 힘껏 발가락에 힘을 주었다.

"외할아버지가 그러는데 사람은 모두 하늘 아래 평등하다고 했어."

"평등? 차별이 없다는 뜻이잖아."

"그래, 맞아. 차별 없이 똑같다는 뜻이지. 일본 사람이나 조선 사람이나 똑같고, 부자나 가난한 사람이나 똑같고, 잘난 사람이나 못난 사람이나 똑같다는 것."

"에이, 그건 말도 안 되는 소리지. 어떻게 일본 사람이랑 조선 사람이 똑같고, 부자랑 가난한 사람이 똑같아. 잘난 사람하고 못난 사람이 똑같다고? 그것도 말이 안 돼."

인수의 말에 아야코가 자세하고 쉽게 설명해 주었다.

"우리 외할아버지는 천주교 신자야. 사람은 하느님 앞에 모두 평등하다고 하셨어. 평등하다는 것은 차별을 하지 않는 거야. 아무리 못나고 돈이 없어도 사람 대접을 받아야 한다는 것이지. 나는 천주교 신자는 아니지만 내 생각도 외할아버지 생각이랑 똑같아."

아야코의 얘기를 들으면서 인수는 계속 고개를 갸우뚱했다. 아무리 들어도 잘 이해가 되지 않았다.

"우리 아버지는 기계 설계를 잘해서 이곳에 오게 됐어. 근데 아버지가 그러는 거야. 여기는 미개한 곳이니 함부로 여기 사람과 어울리면 안 된다고. 또 어디를 가든 대일본 제국의 국민임을 항상 명심해야 한다고도 했지. 근데 나는 그런 것이 모두 이해가 안 돼. 나는 어린아이인데 왜 조선 어른들이 내 앞에서 굽실굽실 고개를 숙이지?"

"너는 일본 사람이잖아."

"왜 그래야 하는데? 조선 사람은 일본 사람의 노예가 아니잖아."

"노예?"

인수가 두 눈을 동그랗게 떴다. 어른들이 주고받던 말이 생각났다. 식민지가 되었으니 우리는 다 노예가 된 거라는 말. 그때는 그 말을 신경 쓰지 않고 들었다. 인수와 상관이 없는 일이라고 생각했다.

"사람은 다 똑같은데 왜 일본 사람은 위에 있고, 조선 사람은 아래에 있어야 하는 거지?"

"에이, 그건 나도 모르지."

그렇게 대답은 했지만 그게 궁금하기는 했다. 지난번에 깍두기 형이랑 얘기할 때도 골치가 아팠는데 이번에도 그랬다. 그런데 이번에는 골치만 아픈 게 아니었다. 괜히 화가 났다. 왜 화가 났는지 정확한 이유는 모르겠다. 한 번도 그런 생각을 해 보지 않고 그냥 살고 있다는 것에 대해 화가 난 것 같았다. 또 조금 부끄럽기도 했다. 얼굴이 화끈거렸다. 날씨가 더운 탓만은 아니었다.

"아야코, 빨리 집에 가. 곧 비가 쏟아질 것 같아."

그 말을 하고 인수는 뒤돌아보지도 않고 달렸다. 등에 멘 지게가 덜렁덜렁 흔들리며 등짝을 후려쳤다. 아니나 다를까 비가 거세게 내리기 시작했다. 화끈거렸던 볼이 비를 맞으니 좀 괜찮아졌다.

인수는 달리다 뒤를 돌아보았다. 순식간에 쏟아진 비로 너른 들은 금세 물바다가 되었다. 눈 깜짝할 사이에 일어난 일이었다. 뒤에서 걸어오는 아야코의 모습이 보였다. 아야코 뒤에서 거대한 물이 좇아오고 있었다.

"아야코, 얼른 뛰어."

인수가 다급하게 소리쳤다. 아야코가 당황한 듯 두 팔을 허둥거렸다. 그 순간 아야코의 몸이 붕 떴다. 그러더니 물속으로 쑥 가라앉았다. 순식간에 불어난 물에 휩쓸려 버린 것이었다.

인수는 등에 멘 지게를 내던지고 아야코 쪽으로 달려갔다.

인수의 몸도 불어난 물에 휩쓸려 붕 떴다. 인수는 침착하게 물살에 몸을 맡겼다. 수영은 자신 있었다. 아야코의 몸이 다시 올라오더니 꼬르륵 소리와 함께 물속으로 다시 쑥 들어갔다. 인수는 아야코 뒤를 바짝 따라가 크게 외쳤다.

"아야코, 내 손을 잡아."

아야코가 두 팔을 휘두르며 허우적댔다. 인수는 아야코의 팔을 꽉 잡고는 죽을힘을 다해 헤엄쳤다.

소원

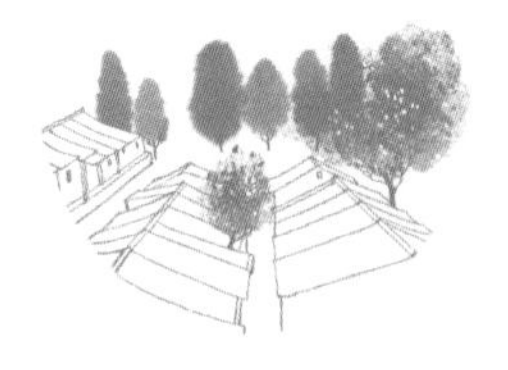

그날, 지나던 어른들이 인수와 아야코를 발견한 건 천만다행이었다. 아야코는 자동차에 실려 자기 집으로 갔고, 인수는 흠뻑 젖은 채로 신탄상회로 돌아왔다. 돌아와서 인수는 주인아주머니에게 욕을 바가지로 먹었다.

"내가 빨리 오라고 했는데 어디서 멱 감다 온 거야? 아무리 배달이 없다고 해도 가게는 지켜야 할 것 아니야?"

인수는 진이 빠져 아무 대꾸도 할 수 없었다. 아무 말 없이 방에 들어가 고꾸라졌다. 그 모습을 본 아주머니가 계속 잔소리를 해 댔다.

"쯧쯧, 실컷 놀다 와서 이제는 방바닥과 친구하자고 자빠졌네. 밥값은 해야 할 것 아냐!"

다음 날이 되자 온 동네에 소문이 다 났다.

"신탄상회 배달꾼이 무슨 기계 회사 사장의 딸을 구했대."

"인수란 놈이 끝까지 손을 놓지 않았으니 망정이지 안 그랬다면 그 딸은 지금쯤 저승길에서 헤매고 있었을 거야."

그러고 나서 인수는 처음으로 이틀 휴가를 받았다. 신탄상회 주인아주머니와 아저씨가 크게 생색을 낸 것이었다.

"여름이어서 일도 뜸하니 집에 가서 좀 쉬었다 와라."

그러면서 아주머니는 인수 손에 10전 두 개를 쥐여 주었다. 난생 처음 받아 본 큰돈에 인수는 어안이 벙벙했다. 인수는 뭘 살까 망설였다. 고기라도 한 근 끊어 가고 싶었지만 돈이 턱없이 모자랐다. 할 수 없이 막걸리와 빵, 눈깔사탕을 샀다. 막걸리는 길용 아재를 위한 것이었고 나머지는 다른 식구들 몫이었다.

"인수야, 너 왜 그랬냐?"

길용 아재가 인수를 보자마자 나무라듯 물었다. 참 의외였다. 칭찬받을 줄 알았는데 그게 아니었다.

"자칫하면 너 죽을 수도 있었어. 마침 어른들이 지나갔으니 망정이었지."

"나 혼자 살자고 위험에 빠진 사람을 그냥 못 본 척할 수는 없잖아요."

인수의 대답에 길용 아재가 중얼거렸다.

"누구 아들 아니랄까 봐."

"예? 뭐라고 하셨어요?"

잘 들리지 않아 인수가 다시 묻자, 길용 아재가 당황한 얼굴로 말했다.

"아무것도 아니다. 그냥 나 혼자 한 말이야."

줄집에서 지내는 이틀 동안 인수는 좀이 쑤셨다. 그래서 예전처럼 물도 긷고 나무도 하러 밤솔산에 갔다. 쓰러져 가는 토막집과 누더기 옷을 입은 아이들이 눈에 띄었다. 어른이고 아이고 할 것 없이 모두 허름한 차림새였다. 못 먹어서 누렇게 뜬 얼굴이 나카마치 거리에서 본 일본 사람들과 확연히 차이가 났다.

'똑같은 황국 신민인데 왜 이렇게 차이가 나는 걸까? 사는 것도 먹는 것도 또 입는 것도.'

인수의 머릿속에 모락모락 의문점이 피어올랐다.

휴가가 끝나고 신탄상회로 돌아온 날이었다. 장작을 정리하고 있는데 주인아주머니가 인수를 불렀다.

"인수야, 누가 널 보자고 찾아왔다."

누군지 궁금해서 인수가 고개를 내미니, 어디선가 본 듯한 얼굴이 눈에 들어왔다.

"사장님이 너를 좀 만나고 싶단다."

유모는 웬일로 조선말로 말했다.

“지금이요?”

“그래, 지금 당장!”

유모가 서두르라는 듯 손짓을 했다. 인수는 유모 뒤를 졸래졸래 따라갔다. 살근다리 주막을 지나 작은 개울을 건너자 지금까지와는 다른 풍경이 펼쳐졌다. 경쾌한 걸음걸이로 물건을 사 들고 집으로 돌아가는 일본 사람들. 얼굴은 기름졌고 자신감이 넘쳤다. 언덕을 올라 드디어 낯익은 문패를 마주했다.

‘야마모토 다로.’

뭔지 모르게 익숙한 느낌이 들어서 문패 앞에서 한참 서 있었다. 그때 번쩍 생각이 떠올랐다. 머릿속에 그날 들었던 말들이 선명하게 떠올랐다.

‘조병청장이 야마모토 다로를 경성에서 비밀리에 만났다. 작년 12월 일본이 진주만 공격을 했다. 이상한 흐름이 느껴진다. 설계도가 거의 완성되었다.’

곧이어 너른들에서 아야코를 만났을 때 아야코가 한 말도 떠올랐다.

‘아버지는 기계 설계를 잘해서 이곳에 오게 됐어.’

인수는 온몸이 찌릿찌릿했다. 마치 엄청난 전류에 감전된 것 같은 느낌이었다.

'아야코 아버지인 야마모토 다로가 훈장님과 영삼 형, 깍두기 형이 말한 그 야마모토 다로와 동일 인물이란 말이지? 무슨 설계이기에 비밀리에 진행되는 것일까?'

인수의 가슴이 두근두근 세게 요동쳤다. 아무도 모르는 비밀을 알게 되어 기쁘기도 했고, 한편으론 몰라도 될 비밀을 알게 된 것 같아 부담스러웠다.

삐꺽, 소리가 들렸다.

"인수, 어서 와."

대문이 활짝 열리고 아야코가 반갑게 맞아 주었다. 거의 실신 상태로 자동차에 실려 간 아야코는 몸이 완전히 회복되었는지 활기가 넘쳤다. 아야코의 얼굴을 본 순간, 인수가 조금 전까지 갖고 있었던 복잡한 감정들은 형체도 없이 사라져 버렸다. 그냥 아야코를 다시 보게 되어 기뻤다. 아야코를 따라 인수는 응접실로 들어갔다. 부잣집에 반드시 응접실이 있다는 건 깍두기 형이 갖고 온 잡지에서 보아 알고 있었다.

'와, 정말 이런 세계가 진짜로 있었구나.'

"이리 와서 앉아."

아야코가 먼저 소파에 앉으며 맞은편을 가리켰다. 인수는 엉거주춤 엉덩이만 살짝 걸쳐 앉았다.

"편히 앉아. 아버지가 요즘 회사 일 때문에 워낙 바쁘셔서 조금 기다려야 할지도 몰라."

아야코의 말대로 시간이 좀 흐른 뒤에 아야코 아버지가 나타났다. 아야코 아버지는 의자에 앉더니 주방 쪽을 향해 손짓을 했다. 조금 후에 유모가 쟁반을 들고 나왔다. 나카마치 양과자 가게에서 본 듯한 과자였다. 그때 인수는 유리벽 너머 진열되어 있는 과자를 쳐다보고 침만 꿀꺽 삼켰었다. 분명 그 과자였다.

"인수야, 모나카 좀 먹어 봐."

아야코가 과자 한 개를 집어 건넸다.

"고마워, 잘 먹을게."

인수는 기다렸다는 듯 모나카를 덥석 받아 입에 넣었다. 부드럽고 달콤했다. 이제껏 먹어 보지 못한 맛이었다.

'흠, 하늘 나라 옥황상제가 먹는 과자 같아.'

아야코 아버지가 찻잔을 들었다. 시커먼 물이 찰랑거렸다.

'저게 뭐지? 어디 아프신가? 한약 같은데?'

느긋하게 차를 한 모금 마신 아야코 아버지가 낮은 목소리로 물었다.

"네가 우리 아야코를 구해 줬다고?"

인수는 과자를 입에 문 채 고개를 끄덕였다. 대답을 하려고 입을 벌렸다가는 아까운 과자가 입 밖으로 튀어나올 것 같았기 때문이었다.

"어른이 묻는데 고개만 까딱하다니 버릇이 없구나."

옆에 서 있던 유모가 눈을 부라리자, 아야코 아버지가 손짓했다. 나가 있으라는 뜻이었다.

"네가 죽을 수도 있었는데 어떻게 아야코를 구할 생각을 했지?"

그제야 과자를 목에 넘긴 인수가 또랑또랑 대답했다.

"사람이 위험에 처했는데 무슨 생각을 하겠습니까? 무조건 구해야지요. 안 그렇습니까?"

인수의 대답에 아야코 아버지가 입가에 야릇한 미소를 지었다. 알 수 없는 표정이었다.

"근데 궁금한 게 있어요."

"궁금한 게 있다고?"

아야코 아버지는 기죽지 않고 하고 싶은 말을 따박따박 하는 인수를 흥미로운 듯 바라보았다.

"뭔지 말해 봐라."

"어디 몸이 안 좋으신가요? 왜 한약을 드시는지요?"

"한약이라고? 흠, 그렇게 생각할 수도 있겠구나."

인수가 찻잔을 뚫어지게 바라보자 아야코 아버지가 찻잔을 내려놓으며 말했다.

"너도 한번 마셔 보겠냐?"

"아이참, 저는 쇠도 씹어 먹을 만큼 건강한데 무슨 한약을 먹겠습니까? 그런데 그렇게 권하시면 염치 불고하고 한 모금 먹어 볼까요?"

아야코가 그만두라고 손을 내저었다. 하지만 인수는 한약이란 것을 꼭 한번 먹어 보고 싶었다. 언제 그 비싼 한약을 먹어 볼 수 있겠는가! 오늘이 바로 그날인 것이다. 인수는 두 손으로 잔을 들어 크게 한 모금 했다.

"윽!"

인수는 괴로운 듯 두 손으로 목을 감싸 쥐었다. 하지만 뱉지는 않았다. 좋은 걸 뱉으면 안 된다고 생각하면서 꿀꺽 삼켰다. 이 모습에 아야코 아버지와 아야코가 배꼽을 잡고 웃었다.

"이건 한약이 아니고 커피라는 거다."

"커피요? 이게 서양 사람들이 날마다 마신다는 커피예요?"

깍두기 형도 가끔 나카마치 거리에 있는 새로 생긴 찻집으로 커피를 마시러 가곤 했다.

"이렇게 쓴 걸 왜 먹는지 모르겠어요. 한약처럼 몸에 좋은 건가요?"

"기분을 좋게 해 주니 몸에 좋은 거나 마찬가지지."

"양탕국이 몸에 좋다니 안심이네요."

인수는 비리비리한 깍두기 형을 떠올리며 말했다.

"양탕국?"

"서양 사람들이 즐겨 먹는다 해서 조선 사람들은 커피를 양탕국이라고 한답니다."

깍두기 형이 보여 준 잡지에서 읽은 기억을 떠올리며 인수가 말했다. 인수의 말에 아야코 아버지가 껄껄 소리 내어 웃었다. 소문에 의하면 이 집 주인은 항상 근엄한 얼굴을 하고 있고 웃는 걸 본 적이 한 번도 없다고 했다.

"원하는 거 있으면 말해 봐라."

"네? 원하는 거라니요?"

"내 딸을 구해 줬으니 보상을 하고 싶어 그런다. 얼마를 주면 되겠나?"

"예? 얼마라니요?"

"너, 돈 받으려고 내 딸 구한 거 아닌가?"

그때 아야코가 얼굴을 붉히며 말했다.

"아버지, 인수는 그런 아이가 아니라니까요!"

그 말에 아야코 아버지가 희미한 미소를 지었다. 믿지 못하겠다는 미소였다. 그런 일은 있을 수 없다는 확신의 미소이기도 했다. 그 모습에 인수는 속에서 뭔가가 울컥하고 올라왔다.

"그렇다면 얼마를 주실 건데요? 달라는 대로 주실 수 있는 건가요?"

인수는 아야코 아버지를 똑바로 쳐다보았다.

“허허, 당돌한 녀석이군. 돈이야 얼마든지 줄 수 있지!”

“얼마든지 줄 수 있다고요? 그렇다면 돈은 싫습니다.”

“주겠다는 돈을 거절하는 놈은 처음 보았군. 나는 신세를 지고는 못 사는 사람이다. 돈을 받지 않겠다면 이 집에서 한 발자국도 움직이지 못한다.”

아야코 아버지의 말에 아야코가 인수에게 눈을 찡긋했다. 그냥 돈을 받으라는 뜻인 것 같았다. 하지만 인수는 그러고 싶지 않았다. 마음이 움직여 한 일인데 돈을 받는다면 떳떳하지 못할 거라는 생각이 들었다.

“정 그러시다면 소원 하나 들어주십시오.”

“그래, 네 소원이 뭐냐? 들어나 보자.”

“조병창을 구석구석 한번 돌아보고 싶습니다.”

“조병창? 도대체 거긴 왜 보고 싶은 게냐? 무슨 이유로.”

갑자기 굳어진 얼굴로 아야코 아버지가 물었다.

“나중에 거기에 취직할 거거든요. 그래서 멋진 무기를 만들 것입니다.”

“흠, 어떤 곳인지 미리 보고 싶다는 얘긴가?”

“예, 그렇습니다.”

아야코 아버지는 한참 동안 생각에 잠겼다.

심부름

어느 날, 아야코 아버지가 인수를 집으로 불렀다. 아야코와 눈인사를 나눈 후 인수는 아야코 아버지가 기다리고 있는 방으로 들어갔다.

"일본어는 학교에서 배웠나?"

아야코 아버지가 안경 너머로 인수를 뚫어지게 바라보며 물었다.

"예, 학교를 잠깐 다니긴 했습니다. 지금은 야학에서 배우고 있습니다."

"야학에서도 일본어를 가르친다고?"

"예, 그렇습니다. 일본어를 가르쳐야 야학을 열 수 있으니까요. 저는 일본어를 못하면 아무것도 할 수 없다고 생각합니다."

인수의 대답에 아야코 아버지가 고개를 끄덕였다.

"내 너를 쭉 지켜보았는데 머리도 있지만 식견도 꽤 있어 보이더구나. 그래서 말인데……."

그러면서 아야코 아버지가 봉투 두 장을 탁자 위에 올려놓았다. 한 장은 열어 볼 수 없게 봉인되어 있었다.

"열어 보렴."

아야코 아버지가 다른 한 장을 가리켰다. 인수는 봉투를 열어 안에 든 종이를 꺼냈다. 일본어로 된 지도였다.

"여기가 어딘 줄 알겠나?"

아야코 아버지가 지도의 한 곳을 가리켰다.

"여기는 경인철도의 종착역 아닌가요?"

인수의 말에 아야코 아버지가 역 뒤쪽 바다와 맞닿은 한 지점을 손가락으로 콕 집었다.

'북성포구.'

인수가 생각했다.

"너라면 지도를 보고 잘 찾아갈 수 있으리라 생각한다."

인수가 얼떨떨한 표정을 짓자, 아야코 아버지가 웃으며 말을 이었다.

"그곳 공장 요코하마 사장에게 이 봉투를 전하기만 하면 된다. 신탄상회에는 얘기해 두었으니 얼른 다녀와라."

인수가 봉투와 지도를 바지 속주머니에 단단히 넣었다. 아야코 아버지가 1원을 건넸다.

'걸어갔다 오는 줄 알았는데…….'

걷는 건 자신 있었다. 인수의 마음속에서 두 마음이 다투고 있었다. 걸어서 갔다 오면 1원을 벌 수 있다. 왕복 기차표 80전이 너무 아까웠다. 80전이면 닭을 네 마리 이상 살 수 있고 달걀은 백 개나 살 수 있다. 그거면 길용 아재에게도 주고, 훈장님에게도 나눠 줄 수 있다. 그런데 반대로 기차를 처음 타 보고도 싶었다. 깍두기 형이 기차 태워 준다고 한 게 언제인데 깍두기 형은 언제부터인가 코빼기도 보이지 않았다.

"기차 타고 가면 금방인데 뭐 하러 시간 낭비를 하지?"

아야코 아버지는 인수의 속마음을 꿰뚫어 보기라도 한 듯 시간 낭비라는 말을 했다. 그 말에 인수는 퍼뜩 정신이 들었다. 한시가 급한 일일 수도 있겠다. 아야코 아버지가 뒤돌아 나가는 인수 등에 대고 낮은 목소리로 강조했다.

"이 일은 너하고 나만 아는 일이다."

그 말에 인수는 자신이 맡은 임무가 중요하다는 것을 느꼈다. 그러니까 갑자기 자신이 중요한 사람이 된 것 같았다.

인수는 잰걸음으로 역으로 나갔다. 기차가 곧 들어올 것이다. 인수는 표를 끊고 기차를 기다렸다. 인수가 가려는 쪽에는 사람이 별로 없었고, 반대편 경성으로 가는 쪽에는 사람이 많았다. 저 멀리 기차가 검은 연기를 내뿜으며 달려왔다.

'드디어 기차를 타네. 깍두기 형이 있는 경성 쪽이 아니고 그 반대쪽으로 가는 기차라 좀 섭섭하지만 뭐 어때!'

처음 타는 기차였다. 종착역이라 잘못 내릴 일은 없었지만 인수는 바짝 긴장했다.

종착역에 도착하자, 인수는 주위를 휘휘 둘러보았다. 역 건물이 제법 컸다. 외국 사람들이 배를 타고 오는 항구와 가까워서인지 지나다니는 사람들도 많았고, 크고 멋진 건물들도 눈에 띄었다. 중국 사람도 보였고 일본 사람도 보였다. 모두 자기네 나라 옷을 입고 있어 구별이 쉬웠다. 잘 먹어 그런지 얼굴이 번드르르했고 차림새가 깔끔하고 단정했다. 인수는 자기 옷차림을 살폈다. 누가 보아도 가난한 조선 아이였다. 후줄근한 차림으로 역 근처를 서성이며 일거리를 찾는 사람들은 대부분 조선 사람들이었다.

인수는 바지 속주머니에서 지도를 꺼냈다. 예전에 훈장님에게 배운 동서남북 방향 찾는 방법을 떠올리며 걸었다. 목적지는 그리 멀지 않았다. 포구 근처에서 두리번거리며 주위를 살폈다.

'요코하마 기계 제작소'라는 간판이 보였다. 이 편지를 전해 주어야 할 사람이 요코하마라고 했으니 여기가 맞을 것이다. 인수는 자신 있게 공장 철문 쪽으로 걸어갔다.

"너는 누구냐? 여기에 무슨 일로 온 거야?"

철문을 지키고 있던 남자가 사나운 얼굴로 다가왔다. 제압봉을 들고 있는 데다가 바지춤에는 작은 권총까지 차고 있었다.

'이럴 때일수록 당당해야지.'

인수는 어깨를 활짝 펴고 큰 목소리로 말했다.

"저는 심부름을 왔습니다. 요코하마 사장님을 만나고 싶습니다!"

그러면서 인수는 봉투를 꺼내 보여 주었다. 남자가 봉투에 쓰인 글자를 읽었다.

"받는 사람 요코하마 마사오. 우리 사장님 이름이 맞는데?"

"예, 그분을 찾아왔습니다."

"너 같은 조선 꼬마가 우리 사장님을 무슨 일로 찾는 거지?"

인수는 배에 힘을 주고 크게 외쳤다.

"저는 '야마모토 다로'라는 분의 부탁을 받고 왔습니다!"

어찌나 크게 외쳤는지 철문을 지키는 경비원이 움찔 놀란 표정을 지었다.

그때 철문 안쪽에서 큰 소리가 들려왔다.

"들여보내라."

삐걱!

웅장한 철문이 열렸다. 인수는 보란 듯이 당당하게 철문 안쪽으로 걸어 들어갔다. 가까운 곳에 바다가 보였다. 공장은 포구와 연결되어 있었다. 포구 너머에 이제 막 들어온 바닷물이 출렁이고 있었다.

"잠수정 띄우기에 딱 좋은 환경이지."

걸걸한 목소리에 인수가 뒤를 돌아보았다.

"내가 여기 사장이다."

요코하마 사장은 아야코 아버지보다 훨씬 나이 들어 보였다. 요코하마 사장은 인수에게 따라오라고 손짓을 하며 성큼성큼 사무실로 들어갔다. 인수는 말없이 그 뒤를 따라 들어갔다. 각종 설계도가 사무실 벽면을 장식하고 있었다. 인수가 신기한 듯 설계도를 하나하나 바라보자, 요코하마 사장이 자랑스러운 듯 말했다.

"대일본 제국은 세계를 손안에 넣을 준비가 되어 있다."

그러면서 요코하마 사장은 인수가 건넨 봉투를 열어 종이를 펼쳐 들었다.

"야마모토 다로의 설계 솜씨는 여전하군."

야마모토 다로라는 이름은 처음 문패로 만났을 때와 훈장님 방에서 들었을 때, 그리고 지금 이 순간까지 같은 이름이지만 완전히 다른 느낌이었다.

"아직 기초 단계지만 설계도만 완벽하다면 얼마든지 만들 수 있지."

'무얼 만든다는 얘기일까?'

인수는 문득 궁금증에 눈을 동그랗게 떴다. 그러다 곧 머리를 휘휘 내저었다.

'그건 알아서 뭐 하려고? 나는 심부름이나 잘하면 되지.'

'훈장님이 말하시는 거로 봐서는 좋은 일로 쓰이는 설계도 같지는 않던데. 모르는 척해도 되는 걸까?'

'내가 뭘 할 수 있는데? 난 그저 심부름하고 내가 원하는 걸 얻으면 되지.'

'근데 만약 이 설계도 때문에 많은 사람이 해를 입는다면?'

인수의 가슴속에서 두 마음이 티격태격했다.

돌아오는 기차 안에서 인수는 긴장이 풀렸다. 창밖의 풍경이 그제야 보였다. 야트막한 산과 들, 그 사이에 허름한 집들이 보였다. 일본 사람들의 집과는 너무나 차이가 나는 집들이었다. 멀리서 보아도 저건 일본 사람이 사는 집, 저건 조선 사람이 사는 집으로 구별이 될 정도였다.

심부름을 마치고 돌아오니 날이 벌써 어둑어둑해졌다. 흐릿한 어둠 속으로 저녁밥 짓는 연기가 보였다. 인수는 아야코네 집에 잠깐 들러 요코하마 사장이 준 편지를 전해 주고 신탄상회로 돌아왔다.

"깍두기 형!"

가게 앞에 나와 있는 깍두기 형을 보자 인수는 한달음에 달려갔다. 깍두기 형이 경성에서 돌아온 것이다.

"형, 이러기야? 여름 다 지나고 나서 오다니! 염전에 데리고 가겠다는 약속은 잊은 거야?"

인수가 투정을 부리자 깍두기 형이 미안하다는 듯 대답했다.

"좀 바빴다. 여름은 올해만 있는 게 아니잖아. 내년 여름에 데리고 가마."

그러면서 깍두기 형은 인수의 머리를 흩트렸다.

"근데 어디 갔다 온 거야? 엄니 말로는 네가 아야코네 집에 들락날락한다던데?"

"그냥 어디 좀 갔다 왔어."

"어디를 갔다 왔기에 하루 종일 걸려?"

"아, 형은 몰라도 돼."

아야코 아버지가 그랬다. 오늘 있었던 일은 둘만 아는 이야기로 하자고.

"혹시 포구에 갔다 온 거 아냐?"

'헉, 어떻게 알았지?'

인수의 얼굴이 순간 빨갛게 변했다.

"네 몸에서 바다 냄새가 나."

인수는 괜스레 허둥대며 말을 둘러댔다.

"어, 어. 아야코가 바다 구경하고 싶다고 해서 아야코 아버지랑 같이 바다 구경 갔었어."

인수는 자신도 모르게 거짓말을 했다.

"그래? 아야코를 구해 줬다고 그렇게 은혜를 갚은 건가?"

깍두기 형은 아무렇지 않은 듯 말했다. 다행이었다. 인수는 속으로 한숨을 내쉬었다.

그날 이후로 인수는 가끔 아야코네 집에 놀러 갔다. 아야코는 자기 방도 구경시켜 주었다. 아야코 방에는 신기한 게 많았다. 발판을 밟으면 소리가 나는 풍금도 있었고, 벽에는 세계 지도도 걸려 있었다.

"인수, 내가 풍금 가르쳐 줄게. 여기 와서 앉아."

아야코가 인수를 잡아끌었다. 인수는 엉겁결에 아야코 옆에 앉았다.

"발을 여기 발판에 올리고 살짝 누른 후 건반을 눌러 봐."

인수는 아야코가 하라는 대로 발판을 누르면서 건반을 동시에 눌렀다. '뿡' 하는 소리에 인수는 깜짝 놀라 벌떡 일어났다. 그 모습에 아야코가 깔깔 웃었다.

"웃어서 미안! 처음이니까 놀랄 수도 있지 뭐. 이건 발로 바람을 넣어 소리를 내는 거야. 그래서 이름이 풍금(風琴)이야."

아야코가 종이에 풍금이라고 한자로 썼다.

인수는 고개를 갸우뚱했다.

"바람을 내어서 소리 내기 때문에 바람 풍(風) 자를 쓴 건 이해가 가는데, 왜 거문고 금(琴) 자를 썼을까?"

인수의 말에 아야코가 깜짝 놀라 말했다.

"어머나! 그게 거문고라는 뜻이었어? 인수야, 너 어떻게 한자를 잘 알아? 정말 대단하다."

"내가 서당에서 살면서 훈장님께 한자를 엄청 배웠거든."

"풍금 소리는 거문고 소리랑 전혀 비슷하지 않은데 왜 거문고 금 자를 썼을까?"

그러면서 아야코는 알 수 없는 곡조를 연주했다. 왠지 가슴이 촉촉해지는 느낌이 드는 곡이었다. 그때였다. 유모와 함께 낯선 외국인 여자가 들어왔다.

"아가씨, 영어 공부할 시간이에요."

"아, 그렇지! 오늘 영어 공부하는 날인 걸 깜빡했네."

유모가 인수에게 어서 돌아가라고 눈짓을 했다. 인수가 일어서서 현관 쪽으로 가려 하자, 아야코가 얼른 말했다.

"헬렌 선생님, 오늘 공부하는데 이 아이랑 같이 해도 괜찮죠?"

"오케이, 노 프라블럼."

아마도 괜찮다는 얘기인 것 같았다. 인수는 얼떨결에 아야코랑 같이 영어를 공부하게 되었다.

"아야코는 아침에 누구에게 가장 먼저 인사하고 싶어요?"

헬렌 선생님이 어눌한 일본 말로 물었다.

"선생님, 저는 일어나면 내 고향 오사카에 먼저 인사해요."

그러자 헬렌 선생님이 활짝 웃으며 말했다.

"굿모닝, 오사카."

아야코가 헬렌 선생님의 말을 그대로 따라 했다.

"구또모닝, 오사카."

"아야코, 구또모닝이 아니고 굿모닝."

"구또모닝."

아야코는 자신만만하게 '구또모닝'이라고 말했다 헬렌 선생님이 몇 번을 다시 말해도 아야코는 여전히 '구또모닝'이라고 했다. 인수는 그 모습을 보고 웃음이 나왔지만 꾹 참았다. 아야코가 창피해할 것 같았기 때문이었다.

"자, 이번엔 인수 학생이 해 볼까요?"

헬렌 선생님이 말하자, 인수는 못 한다고 손을 흔들고 고개까지 저었다. 그러자 헬렌 선생님은 인수가 부끄러워 그러는 거라고 생각하고 더 이상 권하지 않았다. 하지만 인수는 그게 아니었다. 인수가 제대로 발음을 하면 아야코가 얼마나 창피할까 그런 생각이 들어서였다. 그래서 인수는 속으로만 따라 했다.

'굿모닝, 굿모닝.'

헬렌 선생님은 이어서 오후 인사와 헤어질 때 인사말도 영어로 가르쳐 주었다.

"오후 인사는 굿애프터눈, 헤어질 때는 굿바이."

아야코는 '구또애프터눈, 구또바이'라고 말했다. 헬렌 선생님은 그런 아야코에게 틀렸다고 하지 않고, 잘했다고 칭찬을 했다.

'카네츠카 선생님 같으면 단박에 화를 내면서 몽둥이가 날아왔을 텐데.'

인수는 일본 사람들이 아무리 잘하려고 해도 못하는 발음이 있다는 걸 알았다.

'조선 사람은 할 수 있는 발음을 왜 일본 사람은 못하지?'

그것이 이상했지만 인수는 속으로 계속 헬렌 선생님을 따라 말했다.

드디어 영어 공부가 끝나고 헬렌 선생님이 떠나자 인수도 일어섰다. 현관을 나서는데 아야코가 따라 나왔다. 뜰에 가득한 나무에서 열매 익어 가는 냄새가 났다.

"인수야, 좋은 소식이 있어."

"뭔데?"

"아버지가 다음 주에 시간 내어 조병창 구경시켜 주신대."

"정말이야?"

"그래, 네가 지난번 심부름을 잘한 값이래."

인수는 자기 팔뚝을 세게 꼬집었다.

"아야!"

비명 소리가 터져 나왔다. 분명 꿈이 아니었다. 그 모습을 보고 아야코가 배를 잡고 웃었다.

"구또바이, 아야코."

인수는 아까 배운 영어로 인사를 했다.

"구또바이, 인수!"

아야코도 영어로 인사를 했다. 아야코가 집으로 들어간 것을 확인한 후, 인수는 자신 있게 다시 말했다.

"굿바이, 아야코!"

아, 조병창

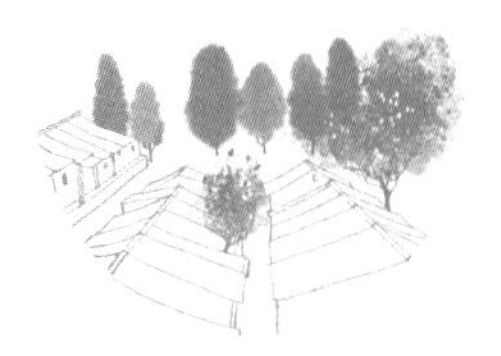

일주일이 참 더디 갔다. 야학이 끝나면 인수는 가끔 줄집에 들렀다. 어쩐 일인지 영삼 형이 집에 있었다. 인수가 신탄상회에 취직하고부터는 영삼 형 얼굴 보기가 참 힘들었다.

"형, 오랜만이야. 근데 말이지."

인수는 흥분을 가라앉히고 말을 꺼냈다.

"이제 조금 있으면 나 조병창 구경하러 갈 거야. 아야코 아버지가 아야코랑 나랑 조병창 구경시켜 준다고 했거든!"

그러자 영삼 형이 조심스레 말을 꺼냈다.

"그래? 그렇게 가고 싶어 하더니 소원 풀었네. 근데 너에게 할 얘기가 있어."

영삼 형은 잠시 말을 멈추더니 결심한 듯 말했다.

"내가 다니는 곳은 정확하게 말하자면 조병창이 아니야."

"엉? 그럼 누나도?"

"영순이가 다니는 곳은 조병창 맞아."

"미쓰비시가 조병창 안에 있는 거 아니었어?"

"미쓰비시는 조병창 바로 길 건너 맞은편에 있어. 미쓰비시는 조병창을 도와주는 하청 업체야."

"하청 업체?"

"조병창에서 시키는 대로 필요한 걸 만드는 공장. 넌, 내가 무기를 만든다고 생각하지만……."

영삼 형이 말을 얼버무렸다.

"그럼 형은 뭘 만들어?"

"철판. 총알을 막을 수 있는 특수한 철판이라나 뭐라나."

"총알을 막는 철판이라고! 그럼 무기보다 훨씬 더 센 거잖아!"

인수의 말에 영삼 형이 피식 웃었다. 인수와 영삼 형의 대화를 듣던 영순 누나가 말했다.

"군수 공장에 다니면 다 무기를 만드는 것으로 생각하는데 그렇지 않아. 조병창 안에는 철저히 계급이 나뉘어져 있어. 조선 사람과 일본 사람으로. 조선 사람은 가장 기초적인 것만 만들고, 세세하고 중요한 일은 모두 일본 사람이 해. 일본 사람은 무기 만드는 방법을 조선 사람에게 절대로 알려 주지 않아."

영순 누나의 말을 듣다 보니, 인수는 갑자기 화가 치밀어 올랐다.

"내선일체內鮮一體 일본과 조선은 한 몸이라는 뜻으로, 일제 강점기 때 일본이 조선인의 정신을 말살하고 조선을 착취하기 위하여 만들어 낸 구호라며? 조선 사람을 황국 신민으로 만든다면서? 그런데 왜 그렇게 구분하는 거야?"

"넌 아직도 그걸 모르겠어? 말은 그렇게 하지만 그들은 철저히 우리 땅, 우리 사람을 이용하고 있는 거야. 최대한 끝까지 알겨먹는 거지."

영삼 형이 대신 대답했다. 주먹까지 불끈 쥔 형의 모습이 낯설었다. 예전의 형은 이렇지 않았다.

'미쓰비시 군수 공장에 취직하여 사택에서 살게 되고 월급도 받게 된 것에 아무 불만이 없는 줄 알았는데. 무엇이 형을 변하게 한 걸까?'

하지만 인수는 곧 조병창 구경을 할 수 있다는 사실에 마음이 온통 붕붕 떠다녔다. 그때 영순 누나가 인수의 팔을 살짝 꼬집었다. 인수가 너무 들떠 있다는 걸 눈치챈 듯했다.

"그래도 조병창에 대한 거는 영삼 오빠처럼 자세히 아는 사람이 아마 없을걸!"

"진짜?"

"그럼, 아무 거나 물어봐."

영순 누나의 말에 인수는 형에게 얼굴을 돌렸다.

"형, 조병창에서 총도 만들지?"

"그럼! 내가 공장 안에서 사람들이 수군대는 걸 들었는데 한 달 동안 총알을 70만 발이나 만든대."

"70만?"

인수와 영팔이는 70만이라는 소리에 깜짝 놀랐다. 영팔이가 공책에 숫자를 써 보더니 말했다.

"우아, 동그라미가 다섯 개나 되네."

"근데 형은 조병창에는 들어가 보지도 못했으면서 어떻게 그렇게 잘 알아?"

인수의 말에 영삼 형이 웃으며 말했다.

"내가 아는 건 그것뿐이야. 그것도 사람들이 수군대는 걸 엿들은 거라니까."

형과 누나와 얘기하는 중에도 인수는 가슴이 콩닥콩닥 뛰었다. 곧 있을 조병창 구경 생각 때문이었다.

드디어 그날이 왔다. 하루하루가 영 안 가는 것 같았는데도 마침내 기다리던 그날이 코앞으로 온 것이다. 인수는 깨끗한 옷을 챙겨 입고 아야코네 집으로 갔다. 대문 앞에 자동차 한 대가 서 있었다. 그 안에서 아야코가 손짓을 했다.

"인수야, 얼른 타."

"걸어서 가는 것 아니었어?"

"거긴 너무 넓어서 걸어서는 다닐 수 없대. 자동차 타고 한 바퀴 둘러볼 거래."

인수가 차에 오르자, 운전사가 시동을 걸었다. 요즘 무슨 전쟁 준비로 자동차 연료가 부족하다고 하더니 아야코네 집은 그런 것과는 상관이 없나 보았다.

"그런데 너의 아버지는?"

"울 아버지는 첫차 타고 경성에 올라가셨어. 거기서 무슨 회의가 있다나 봐."

"그럼 우리 둘이만 가는 거야?"

"아버지가 다 얘기해 놓으셨으니까 우린 가서 구경하기만 하면 돼."

"아이고, 이게 무슨 일인가 모르겠다. 태어나 이런 호강은 처음이야. 기차도 타 보고, 이젠 자동차까지."

인수는 자동차 안에서 지나가는 사람들을 바라보았다. 늘 자동차 지나가는 걸 신기한 듯 바라보기만 했는데 이젠 반대였다.

드디어 조병창 입구 철문에 도착했다. 경비병이 운전사가 내민 증서를 보더니 철문을 열어 주었다. 영순 누나 말대로 생각한 것보다 백배, 아니 천배는 넓은 것 같았다. 끝없이 펼쳐진 넓은 부지에 거대한 공장 건물이 언뜻언뜻 보였다.

"이렇게 큰 공장 건물이 세 개나 있대."

아야코의 말이었다.

"우리, 공장 안에 들어가 무기 만드는 거 볼 수 있는 거지?"

인수가 들뜬 목소리로 말했다. 아야코가 미소를 지으며 대답했다.

"아마 그럴걸? 그러기 전에 본부에 가서 인사부터 하라고 했어, 아버지가."

자동차는 공장을 지나 또 다른 공장을 지났다. 그리고 오른쪽으로 돌더니 커다란 건물 앞에 멈춰 섰다. 공장과는 조금 다른 건물이었다. 아마 이곳이 본부인 모양이었다. 아야코는 운전사를 돌려보냈다. 집으로 갈 때는 인수와 걸어가겠다고 이야기한 모양이었다. 불안한 얼굴로 운전사가 인수를 돌아보았다. 인수는 걱정하지 말라는 듯 두 손을 크게 흔들었다.

젊은 군인이 나와서 아야코와 인수를 건물 안으로 안내하였다. 건물 안은 냉기가 흘렀다. 뭔지 모르게 으스스한 느낌도 들었다.

"나는 이곳을 관리하는 조병청장이다."

군복을 입은 작달막한 남자가 인수와 아야코를 맞이하였다.

"네가 야마모토 다로 씨의 딸 아야코? 너는 아야코를 구한 용

감한 황국 신민?"

조병청장이 인자한 눈빛으로 아야코를 보더니 인수에게로 시선을 돌렸다. 매서운 눈초리가 느껴졌다. 하지만 인수는 그 눈초리를 그대로 받았다. 그 눈초리에 기죽기는 싫었다. 잠시 후, 인수는 고개를 깊이 숙여 인사했다. 고개를 들자, 조병청장은 여전히 인수를 쏘아보고 있었다.

'내가 조선 아이라고 경계를 하는군. 아야코를 바라보는 눈초리와는 영 달라.'

조병청장이 아야코에게 친절한 목소리로 말했다.

"나는 급히 경성에 올라갈 일이 생겼다. 내가 직접 안내를 해 주고 싶었는데 그러지 못하게 되어서 정말 유감이구나. 스즈키 병사가 안내를 해 줄 테니 구경하고 돌아가도록 해라."

"이렇게 배려를 해 주셔서 고맙습니다."

아야코가 공손히 인사를 했다. 옆에 있던 인수도 덩달아 고개를 숙였다. 그때 아야코의 아버지가 경성에 회의가 있어 올라갔다던 말이 떠올랐다.

'두 사람은 만날 수도 있겠구나. 조병청장과 아야코의 아버지가 비밀리에 경성에서 만났다고 하더니, 이번에도 그런 것일지 모르겠다.'

인수는 두 사람이 무엇 때문에 그렇게 비밀리에 만나는 것일까 궁금증이 생겼다.

잠시 후에 두 아이는 본부를 나왔다. 안내를 맡은 스즈키 병사가 귀찮다는 얼굴로 뒤따라왔다. 처음 들어간 공장은 조선인들이 작업하는 공장이었다. 요란한 기계음 소리에 인수와 아야코는 두 귀를 막았다. 일본 군복과 똑같은 작업복을 입은 남자들이 잘라져 나온 철판을 재단하고 있었다. 얼핏 보면 모두 일본군처럼 보였다.

'왜 일본 군복을 작업복으로 입고 있는 거지?'

두 번째 들어간 공장에서도 마찬가지였다. 어디에서도 완성된 무기는 볼 수 없었다. 실망한 표정의 인수를 보고 아야코가 말했다.

"무기를 완전하게 조립하는 과정은 기밀에 속한다고 들었어."

"맞습니다. 그런 중요한 일은 조선인에게 맡기지 않습니다. 유능한 일본인만이 할 수 있는 일이지요."

스즈키 병사가 빈정대듯 말했다. 인수는 배알이 꼴렸지만 꾹 참았다. 그때 기차가 지나갔다. 신기한 듯 바라보는 인수에게 스즈키 병사가 다시 설명했다.

"기차는 생산된 무기를 창고에 옮기는 일을 하지. 아는지 모르겠지만 이곳에서는 무기뿐 아니라 전쟁에 나가는 트럭도 생산하고 있다."

"근데 여기서 생산한 그 많은 무기들은 다 어디로 가요?"

인수의 질문에 스즈키 병사가 버럭 화를 냈다.

"네까짓 조선 아이가 그걸 알아서 뭐 하게?"

그러자 아야코가 얼굴을 붉히며 따지듯 말했다.

"이 아이는 나와 똑같은 자격으로 이곳에 온 손님입니다. 손님에게 어떻게 그런 식으로 얘기할 수 있지요?"

스즈키 병사가 아야코 앞에서 쩔쩔매며 고개를 숙였다.

"앗, 미안합니다. 이 얘기는 제발 윗분들에게는 하지 말아 주십시오."

스즈키 병사의 태도에 인수는 기분이 상했지만 꾹 참았다.

'치사한 자식! 조선 사람은 막 대하면서 윗사람 눈치는 엄청 보는군. 아야코 앞에서 쩔쩔매는 꼴이라니!'

인수는 거대한 공장을 휘휘 돌아다니며 마음껏 구경하지 못하는 것이 내내 아쉬웠다.

"의무실에 누나가 근무하고 있습니다. 오다 보니 의무실은 입구 바로 옆에 있던데요. 거기 가서 누나 만나고 집으로 돌아갈까 하는데 괜찮겠지요?"

인수의 말에 스즈키 병사의 얼굴이 순식간에 환해졌다. 꼬치꼬치 묻고 속속들이 구경하고 싶어 하는 두 아이를 떼어 낼 수 있는 절호의 기회였다.

"그럼 의무실까지 안내하도록 하지."

스즈키 병사의 안내로 인수와 아야코는 의무실로 갔다. 영순 누나는 인수를 발견하자 반가운 얼굴로 달려와 말했다.

"방금 전까지만 해도 환자가 많아 안내하느라 바빴는데 지금은 뜸하네."

영순 누나는 다정하게 인수의 어깨를 잡으며 물었다.

"인수야, 구경 잘 했어? 우리 인수 오늘 소원 풀었네."

"누나, 여기서 보니 더 멋진데?"

인수의 말에 영순 누나가 활짝 웃었다.

"인수, 너는 사람을 기분 좋게 하는 능력이 있어."

아야코가 그런 두 사람을 부러운 듯 쳐다보았다.

"아, 네가 바로 아야코? 인수가 반할 만하네."

영순 누나의 말에 인수의 얼굴이 빨개졌다. 아야코의 얼굴도 빨개졌다.

"누나, 일은 어때? 힘들지는 않아?"

인수가 영순 누나의 얼굴을 살피며 물었다. 누나의 얼굴이 예전보다 조금 야윈 듯해 보였기 때문이다.

"매일매일이 달라. 힘들 때도 있고, 편할 때도 있고……."

그때였다. 밖에서 웅성웅성 소리가 나고, 여러 사람이 달려오는 발소리가 어지럽게 들렸다. 사람들이 한 남자를 부축하며 들어섰다. 걸어오는 길마다 피가 뚝뚝 떨어졌다. 조금 후에 다른 사람이 잘려진 팔을 들고 들어왔다. 가느다란 팔은 피범벅이 된 채로 뭉개지고 깨져 있었다.

"무슨 일입니까?"

의사가 나와서 묻자 사람들이 말했다.

"기계에 옷자락이 말려들어 가서 팔이 잘렸어요."

부축한 사람이 말했다. 너무 놀라 구석으로 밀려가 있던 인수는 팔이 잘린 남자를 뚫어지게 바라보았다.

'어, 어른인 줄 알았는데…….'

창백한 얼굴이 앳되어 보였다. 피를 많이 흘려서인지 눈동자가 풀어졌고 얼굴과 입술에는 핏기 하나 없었다.

"얼른 응급실로! 그리고 환자만 남고 모두 나가 주세요."

간호사의 말에 따라왔던 사람들이 우르르 밖으로 나와 수군거렸다.

"이걸 어쩌나. 열다섯밖에 안 됐는데……."

"안전 교육도 제대로 받지 못한 채 공장에 투입되었으니 이런 일이 벌어진 게야."

그때 팔에 완장을 두른 남자가 달려왔다. 작업 반장인 모양이었다.

"다들 여기서 뭐 해? 다친 사람은 다친 거고, 일은 해야 할 것 아냐?"

남자가 험상궂은 얼굴로 말하자, 사람들이 슬금슬금 밖으로 나갔다. 영순 누나가 한쪽 구석에 있는 인수와 아야코에게 다가왔다. 인수와 아야코는 갑자기 일어난 일에 정신을 차릴 수가 없었다.

"너희들, 빨리 집으로 가."

영순 누나가 등을 떠밀어 나왔지만 인수는 발걸음이 떨어지지 않았다.

'나보다 고작 두 살 위인 형이 조병창에서 일을 하고 있었다. 어떻게 그럴 수가 있는 거지?'

'팔을 붙일 수 있을까?'

인수가 자꾸만 뒤를 돌아보자, 아야코가 인수를 안심시키려는 듯 말했다.

"걱정하지 마. 봉합 수술 받으면 괜찮아질 거야. 일본은 서양 의술을 일찍 받아들여 그런 것쯤은 얼마든지 해낼 수 있을 테니까."

아야코의 말을 들으니 안심이 되었다. 철도, 전기, 수도, 공장들. 인수는 일본이 그동안 바꾸어 놓은 수많은 것들을 생각하며 고개를 끄덕였다.

사라진 팔

가을이 깊어 가자 산과 들은 붉은 옷, 노란 옷으로 갈아입느라 바빴다. 신탄상회도 바빠지기 시작했다. 땔감 주문이 많아지는 시기가 된 것이다. 인수는 낮에는 배달하느라 바빴고 저녁에는 야학에 다니며 공부하느라 바빴다.

가을 학기부터 깍두기 형은 야학에 나와 아이들을 가르치기 시작했다. 깍두기 형은 역사뿐 아니라 일본어도 가르치고, 산술도 가르쳤다. 인수는 깍두기 형이 가르치는 시간이 가장 재미있었다. 깍두기 형은 잘 모른다고 화를 내지도 않았고 매를 들지도 않았다.

“모르니까 배우는 건데 그게 뭐 잘못인가?”

깍두기 형은 그렇게 말했다. 그래서 그런지 학생들은 모두 깍두기 형을 좋아했다.

"홍갑득 선생이 있으니 이제 나는 여기에 없어도 되겠어."

훈장님이 이런 얘기를 할 정도로 깍두기 형의 인기는 날로 치솟았다.

요즘 인수가 부쩍 관심을 갖게 된 건 세계 여러 나라의 역사다. 아야코네 집에서 세계 지도를 본 뒤부터 지구에는 참 많은 나라가 있다는 것을 알게 되었고, 역사는 알면 알수록 재미있다는 것도 알았다. 그걸 가르쳐 준 사람은 깍두기 형이다.

'나도 좀 배워 볼까? 우리가 왜 이런 대접을 받는지. 우리가 뭘 잘못해서 이렇게 살고 있는지…….'

어느 날, 훈장님이 영삼 형과 함께 교실로 들어왔다.

"같이 앉아서 역사 좀 배워도 될까요?"

영삼 형은 학생들에게 의견을 물어보았다. 학생들은 갑자기 나타난 손님에게 흥미를 느낀 듯 박수까지 보냈다.

자리에 앉자마자 영삼 형이 손을 번쩍 들었다.

"너른들에 조병창이 들어온 이유가 뭐지요? 그리고 일본은 자기 나라에 조병창이 있는데도 왜 조선 땅에 조병창을 지은 건가요?"

영삼 형의 질문은 뜻밖이었다.

"호오! 도전적인 질문인데요?"

갑자기 깍두기 형이 존댓말로 말했다. 그런 모습에 아이들이 킥킥대고 웃었다.

"일본은 우리나라를 중국 진출의 징검다리로 보고 있어요. 가장 적당한 곳으로……."

문제가 끝나지도 않았는데 기철이가 잽싸게 대답했다.

"너른들!"

"그렇다면 너른들로 선택한 이유 세 가지는 무엇이지요?"

"그걸 내가 어떻게 알아요?"

기철이의 대답에 아이들이 책상을 치며 깔깔 웃었다.

그때 문득 인수의 머릿속에 기차가 떠올랐다. 인수가 얼른 대답했다.

"철도!"

"그렇다면 두 번째, 세 번째 이유는?"

"그걸 내가 어떻게 알아요?"

인수의 대답에 아이들이 이번에는 발을 구르며 웃어댔다.

"아이고, 미안합니다. 첫 번째 맞힌 것도 대단한데 두 번째 세 번째도 맞히라고 해서. 그렇다면 이건 오늘 새로 온 학생이 맞혀 볼까요?"

깍두기 형의 말에 아이들이 일제히 고개를 돌렸다. 영삼 형이 천천히 일어났다. 인수는 걱정이 태산이었다.

'영삼 형이 맞힐 수 있을까? 못 맞히면 아이들이 엄청 웃어댈 텐데…….'

"철도가 있고, 항구가 가깝고 넓은 땅이 있어서입니다."

영삼 형의 말이 끝나자 아이들이 손뼉을 쳤다.

"그러니까 조선은 침략 물자를 만들고 나르는 대륙 병참 기지였어요. 너른들 말고 평양에 조병창이 또 있는데 이 두 개의 조병창에서 매달 소총 4천 정, 총검 2만 개, 소총 탄환 70만 발, 포탄 3만 발, 군도 2만 개, 차량 2백 량이 생산되고 있습니다."

"왜 그렇게 많은 무기를 만드는 거지요?"

영삼 형이 또 물었다.

"그들은 조선을 강점한 것으로도 모자라 수많은 나라를 정복하려고 하는 겁니다."

"그동안 역사가 좋았는데 갑자기 싫어지네."

인수의 말에 깍두기 형이 근엄한 얼굴로 말했다.

"역사를 배우는 것은 과거 속에서 미래를 찾는 거니까 싫어도 배워야 합니다."

그 말에 인수가 입을 쑥 내밀었다.

"미래를 찾는다고요? 뭐 그런 엉터리 같은 말이 있어요?"

그러자 영삼 형이 모두가 들으라는 듯 크게 말했다.

"역사를 배우면서 잘못된 점이 무엇인가 알게 되면 미래에 똑같은 잘못을 되풀이하지 않기 때문이지요."

순간 교실 안이 조용해졌다.

'저 형들이 우리에게 뭔가를 가르치려고 정말 애쓰네.'

인수는 살짝 감동한 눈빛으로 두 사람을 바라보았다.

역사라는 과목은 재미있기도 하지만 한편으로는 골치 아픈 과목이기도 했다. 야학이 끝나자 늦은 시간인데도 인수는 줄집에 들렀다. 그동안 바빠서 잊고 있었던 그 아이가 궁금했다. 조병창에 다니는 영순 누나는 소식을 잘 알고 있을 것이다.

"누나, 그 애는 어떻게 됐어?"

"어떻게 되긴. 병원에 며칠 누워 있다 그냥 쫓겨났지."

"쫓겨나다니? 어디로? 공장으로 돌아갔어?"

영순 누나가 안타까운 표정으로 고개를 살래살래 저었다.

"팔 하나 없는 아이를 어디에 써먹겠어? 아마 고향으로 돌아갔을걸?"

"팔이 하나 없는 채로 쫓겨났다고? 그런 법이 어디 있어? 치료도 제대로 안 해 주면서 그냥 쫓아내다니!"

"지금 그래서 조병창 안이 어수선해."

영순 누나는 그러면서 그동안 일어난 사건들을 얘기해 주었다. 이번 일 때문에 조병창 노동자들이 근로 거부 운동을 펼쳤다고 했다.

"조선 아이 때문에 단체로 일을 안 하겠다고 했다고?"

"그 아이 하나만의 문제가 아니라는 거지. 그동안 차별받으면서도 참고 일했는데 더 이상 못 참겠다고 일어난 거야."

속닥속닥 이야기를 나누었는데도 어떻게 들었는지 김화댁 아주머니가 불쑥 들어왔다.

"공장 노동자들이 단체로 일을 안 하겠다고 했다고? 영순아, 너는 그런 거 하면 안 돼! 알았지?"

"의무실에 있는 사람들은 거기 끼지도 못해요."

영순 누나의 말에 김화댁 아주머니는 안심하는 표정이었다.

"영삼이한테도 단단히 일러 놔야겠다. 절대로 그런 데 끼지 말라고!"

집으로 돌아오는 길에, 인수는 줄집을 자꾸만 돌아보았다. 다닥다닥 붙어 있는 수많은 줄집들. 줄집에 살 때는 몰랐는데 지금 생각해 보니 좁지만 몸 부대끼며 살았던 줄집에는 많은 추억이 있었다. 더운 날에는 줄집 사람들이 거의 모두 밖에 나와 손부채질을 했던 일, 눈 오는 날에는 줄집 사람들과 우르르 토끼사냥을 갔던 일, 서당에서 하늘 천 따 지 목청껏 외치며 공부하던 일, 영삼 형과 영팔이와 같이 좁은 방에 겹쳐서 누워 자던 일, 학교에 다니게 되어 팔짝팔짝 뛰었던 일. 그런 추억들이 모이고 모여 인수는 어느덧 열세 살 소년이 되어 있었다.

그 후, 인수는 아야코 아버지의 심부름을 몇 번 더 했다. 조병창 본부에 서류 같은 걸 전달하는 간단한 심부름이었다. 자주 드나드는 인수를 이제는 출입문을 지키는 남자도 알아보았다. 예전엔 깐깐하게 굴면서 아래위를 살피곤 했는데 지금은 얼굴만 보고 통과시켜 주었다. 아야코 아버지가 대단한 사람인 건 분명했다.

어느 날, 조병창 본부에 서류를 전달해 주고 나오는 길이었다. 점심시간 후 잠깐 쉬는 시간인지 노동자들이 공장 처마 밑에 옹기종기 서 있었다. 모두 누런 색깔 군복을 입고 있었다.

"안녕하세요? 뭐 하고 계세요?"

인수의 말에 사람들이 일제히 고개를 돌렸다. 핏기 없는 얼굴에 표정이 없었다.

"새로 온 아이구나. 어디 지방에서 끌려왔나?"

"저, 그게 아니고……."

인수가 더듬거리자, 다른 남자가 말했다.

"어려 보이는데? 이제 조금 있으면 기저귀 찬 아이들도 데려오겠어!"

그 말에 사람들이 키득키득 웃었다. 그런 사람들을 인수는 처음으로 가까이서 보았다. 이상한 모습들이었다. 손목 아래가 없는 사람도 있었고, 한쪽 눈이 없는 사람도 있었다. 햇볕을 못 봐서 그런지, 영양이 부족해서 그런지 얼굴들이 누렇게 보였다.

"이상하게 보이나? 여기 공장에서 일하면 이렇게 된다."

그러면서 한 남자가 오른손을 쑥 내밀었다. 손가락 네 개가 없었다.

인수가 깜짝 놀라 뒤로 주춤 물러섰다.

"기계에 딸려 들어가 잘린 거다. 작업복을 안 입은 걸 보니 강제 동원된 건 아닌 것 같네. 여긴 왜 왔는지 모르지만 얼른 돌아가라."

그때였다. 어디서 나타났는지 제압봉을 든 순사 서너 명이 다가왔다.

"뭣들 하나? 휴식 시간은 끝났는데 뭔 작당을 하는 거야?"

"게으른 조센징들."

그러면서 순사들은 제압봉을 휘두르고 발길질을 해 댔다. 사람들이 공장 건물로 쫓기듯 들어갔다.

인수도 놀라 입구 철문 쪽으로 달려갔다. 그런데 조병창 입구 철문 밖에서 요란한 소리가 들렸다. 한 무리의 노동자들이 철문 밖에 모여 있었다. 작업복 색깔이 약간씩 달랐다. 조병창 노동자뿐 아니라 근처에 있는 다른 군수 공장 노동자들도 함께한 모양이었다.

"우리도 사람이다. 사람 대접을 해 달라."

무리 맨 앞에 선 남자가 확성기를 들고 외쳤다. 뒤에 서 있는 노동자들이 그 말을 그대로 따라 외쳤다.

"우리도 사람이다. 사람 대접을 해 달라."

어디선가 일본 순사들이 우르르 몰려왔다. 노동자들과 순사들이 마주 보고 서 있었다. 금방이라도 무슨 일이 일어날 것만 같은 험악한 분위기였다.

"공장으로 돌아가라."

순사들 쪽에 있던 높은 사람이 말했다.

"약속을 해 주십시오."

"무슨 약속을 하라는 소리냐?"

"일하다가 다쳤을 때 치료도 못 받고 쫓겨나는 것은 부당한 일입니다. 그러니 치료도 해 주고 보상도 해 주십시오."

"그건 본인이 부주의해서 그런 것이니 어쩔 수 없다. 우리 잘못이 아니다."

"철저하게 안전 교육을 시키고 공장에 투입시켜야 하는 것 아닌가요?"

"이 시국에 그런 건 본인이 알아서 조심했어야지. 당장 공장으로 돌아가라."

"일하다 다쳤을 경우, 치료도 해 주고 충분한 보상을 해 주겠다는 약속이 없다면 우리는 돌아갈 수 없습니다."

"뭐라고! 그렇다면 본때를 보여 주는 수밖에! 모두 체포하라!"

그 말이 끝나자 어디선가 트럭이 나타났다. 노동자들이 술렁댔다. 인수는 노동자들 속에서 낯익은 얼굴을 발견했다.

"어, 영삼 형!"

그 순간 호루라기 소리가 들리고, 순사들이 제압봉을 휘두르며 군중 속으로 달려갔다.

'영삼 형, 얼른 도망가!'

순사들이 노동자들을 향해 제압봉을 마구 휘둘렀다. 여기저기서 비명 소리가 났다. 도망가다 붙잡힌 노동자들은 피를 흘리며 쓰러졌다. 순사들은 그런 노동자들을 질질 끌고 갔다.

"얘, 너 여기서 뭐 하고 있는 거야? 얼른 집으로 가."

누군가가 등을 밀었다. 인수는 정신없이 달렸다. 어떻게 신탄상회에 도착했는지 생각이 안 났다.

그날 이후로 인수는 밤마다 꿈을 꾸었다. 처음에는 사라진 팔이, 손가락들이 둥둥 떠왔다. 그다음에는 팔 하나 없는 남자아이가 나타나고, 손가락 없는 남자가 나타났다.

"으악!"

인수는 비명을 지르며 깨어났다. 선선한 날인데도 온몸이 땀으로 흠뻑 젖었다. 조병창에 다니면 월급도 받고 잘살 줄 알았는데 인수가 본 조병창 노동자들은 전혀 그렇지 않았다.

'누구를 위한 조병창이지? 왜 조선 사람들은 노예만도 못한 취급을 받아야 하는 걸까?'

인수는 그런 생각들로 머릿속이 복잡하고 혼란스러웠다. 가끔 배달을 잘못 가기도 하고, 손님이 왔는데도 멍하니 있다가 주인아주머니의 지청구아랫사람의 잘못을 따져 꾸짖는 말를 듣기도 했다.

"너, 요즘 왜 그러냐? 정신을 어디다 빼놓고 다니는 거냐고!"

그러던 어느 날이었다. 영삼 형이 퇴근하는 길에 인수를 만나러 왔다. 신탄상회에는 아무도 없었다. 아주머니와 아저씨는 요며칠 통 소식이 없는 깍두기 형을 만나러 경성에 올라갔다.

인수는 가게 문을 닫고 영삼 형과 마주 앉았다. 인수는 영삼 형을 조심스레 살펴보았다. 다행히 눈에 띄는 상처는 보이지 않았다.

"인수야, 그날 나 봤지?"

영삼 형이 묻자, 인수는 딴청을 했다.

"그날? 그날이 언젠데? 내가 형을 어디서 보겠어?"

그러자 영삼 형이 피식 웃으며 말했다.

"조병창 앞에서 시위하던 날 말이야. 난 너를 분명 봤거든! 혹시나 네가 다칠까 봐 조마조마했거든."

"…실은 나도 형이 다칠까 봐 걱정 많이 했어."

인수의 말에 영삼 형이 씩 웃었다. 영삼 형의 마음을 알 것 같아 인수는 울컥했다.

"인수야, 너 아직도 조병창에 취직하고 싶어?"

인수는 아무 대답도 할 수 없었다. 예전 같으면 자신 있게 대답했겠지만 지금은 그렇지 않다.

"조병창에서 일하는 노동자들은 자유가 없어. 마음대로 그곳에서 나갈 수도 없어. 자신이 일하는 곳 외에는 어느 곳에도 마음대로 갈 수 없어. 아침과 저녁 두 끼만 먹고, 잠자는 시간 외에는 다 공장에서 일해야 하지. 일하다 다쳐도 제대로 된 치료도 받을 수 없어."

이 말을 마치자 영삼 형은 갑자기 두 손으로 얼굴을 부여잡았다.

"우리는 왜 일본에게 이렇게 당해야 하는 거지? 도대체 왜? 뭘 잘못했기에?"

영삼 형이 울부짖듯 외쳤다.

'조병창의 또 다른 얼굴을 낱낱이 알게 되었다. 이제 조병창에 취직하겠다는 꿈은 미련 없이 버릴 것이다.'

인수는 다짐하듯 두 주먹을 불끈 쥐었다.

핏줄

주인아주머니가 불안한 듯 가게 앞을 왔다 갔다 했다. 아저씨의 얼굴색도 먹구름이 드리운 듯 어두웠다.

인수가 배달 갈 준비를 하고 있는데 경찰차가 요란한 사이렌 소리와 함께 나카마치 거리로 들어섰다. 차에서 우르르 내린 경찰들이 주인아주머니와 아저씨에게 권총을 들이밀었다.

"에구머니나."

놀란 아주머니가 바닥에 엉덩방아를 찧으며 넘어졌다. 인수는 아저씨와 함께 아주머니를 부축해 일으켰다.

"홍갑득은 어디 있는가?"

"경성에 갔습니다."

"경성에서도 사라진 지 오래다. 어디 숨겼는지 말하라!"

"우린 몰라요. 워낙 이리저리 떠돌아다니는 녀석이라."

주인아저씨의 말에 경찰서장이 가게 바닥에 침을 찍 뱉으며 중얼거렸다.

"쥐새끼 같은 놈, 눈치를 채고 벌써 사라졌군."

"아니, 우리 아들이 뭘 잘못했다고 이러시는 겁니까?"

"몰라서 묻나? 무기 밀반출, 무기 제조법 유출. 대일본 제국에 반기를 드는 아주 무거운 범죄지."

"그럴 리가 없습니다. 우리 아들은 경성에서 연극하다가 얼마 전에 내려와 야학에서 애들을 가르치고 있습니다."

"오래전부터 은밀하게 노동자들을 규합어떤 일을 꾸미려고 세력이나 사람을 모으는 것하여 조병창에서 무기 밀반출도 하고 무기 제조법도 유출하여 독립군에게 넘기고 있다는 걸 우리가 모를 줄 아는가?"

"아니, 이게 도대체 무슨 날벼락 같은 소리지요? 우리 갑득이가 그런 짓을 하다니요!"

주인아주머니와 아저씨는 너무 놀라 벌린 입을 다물지 못했다. 그건 인수도 마찬가지였다.

"거기에 가담한 노동자들이 모두 다 실토했다. 잡히기만 하면 평생 감옥에서 썩게 해 줄 테다."

경찰서장이 이를 득득 갈며 말했다. 얼굴에 살기가 돌았다.

"구석구석 샅샅이 찾아봐라. 증거가 될 만한 건 모조리 찾아내라."

경찰들이 가게 구석구석을 뒤집었다. 살림살이는 모조리 밖으로 내팽개쳐졌다. 땔감 더미는 무너져 내렸고, 왕겨는 사방으로 날렸다.

"우리가 뭘 잘못했다고!"

주인아주머니와 아저씨가 짐승처럼 울부짖었다. 나카마치 거리에 있는 가게 주인들은 모두 문을 꽁꽁 걸어 잠갔다. 혹시라도 신탄상회와 연관되어 자신들에게 불똥 하나라도 튈까 봐 조심하는 것이었다.

"아무것도 없습니다."

"그래? 그렇다면 가자!"

한바탕 난리를 친 후에 경찰들이 떠났다. 떠난 자리는 엉망진창이었다. 방이고 가게고 제대로 된 물건이 하나도 없었다. 인수는 넘어진 땔감들을 모아 다시 쌓고 흩어진 왕겨들을 모아 담았다. 아주머니는 울다 지쳐 거의 실신 지경이었고, 아저씨는 가게 바닥에 앉아 한숨을 내쉬었다.

"목숨은 부지해야 할 텐데……."

아주머니의 말에 아저씨가 기도하듯 말했다.

"갑득아, 제발 잡히지 말고 어디든 가서 잘 살아라. 우리 걱정은 하지 말고."

인수는 콧등이 찡했다. 눈물이 날 것만 같아 밖으로 나갔다. 별 세 개가 보였다. 겨울로 접어들어서인지 별이 더 밝게 보였다. 그때 인수의 머릿속에 번개처럼 지나가는 장면이 있었다. 훈장님 방에서 은밀하게 머리를 맞대고 뭔가를 얘기하던 세 사람의 모습.

'앗, 그렇다면? 그다음은 서당이다!'

인수는 서당을 향해 달렸다. 아니나 다를까 서당도 난장판이 되어 있었다. 책걸상은 몽땅 널브러지고 책들은 바닥에 내팽개쳐졌다. 한바탕 폭풍우가 지난 뒤의 고요함만이 남아 있었다. 훈장님은 다쳤는지 허리도 못 펴고 엉거주춤 서 있었다.

"도대체 뭘 잘못했다고 이렇게까지!"

인수가 두 주먹을 불끈 쥐었다.

"강도를 당한 사람이 부끄러워할 필요는 없다. 강도가 나쁜 것이지 강도당한 사람이 나쁜 것은 아니니까. 하지만 다시는 강도를 당하지 않도록 단속을 해야겠지."

훈장님의 말씀을 들으니 인수는 왠지 모르게 부끄러웠다. 자기가 여태까지 강도 편에 서서 강도 짓을 하는 걸 빤히 바라보고 있다는 생각이 들어서였다. 아무도 없는 신탄상회로 돌아와 인수는 간신히 몸을 뉘었다.

"인수야, 네가 가게를 잘 지키고 있어라. 혹시 갑득이가 들를

지도 모르니 들키지 않도록 조심하고. 너는 똑똑하고 영리한 아이니까 잘 해낼 거야.”

그러면서 주인아주머니와 아저씨는 친척 집으로 잠시 피신을 하였다.

따다닥! 펑펑!

밤새도록 요란한 소리가 났다. 경찰들이 이 집 저 집, 이곳저곳을 다니며 수색을 하는 모양이었다. 인수는 잠이 안 와 밤새 뒤척이다 새벽녘에야 겨우 잠이 들었다. 또 악몽을 꾸었다. 이번에는 두 팔이 잘린 깍두기 형이 나왔다.

“으으으, 깍두기 형.”

인수는 낮은 신음 소리를 내며 눈을 떴다. 누군가 인수를 들여다보고 있었다.

“앗!”

“쉿!”

“형, 어디 있었어? 낮에 형 찾느라 난리가 났었어. 도대체 무슨 일이야?”

그 말에는 아무 대답도 안 하고 깍두기 형은 다짜고짜 알 수 없는 말을 했다.

“너, 아버지 만나고 싶지?”

‘갑자기 생게망게하는 행동이나 말이 갑작스럽고 터무니없는 모양하게 아버지 얘

기를 왜 꺼내는 거지?'

인수가 영문을 몰라 눈만 말똥말똥거렸다. 그러자 깍두기 형이 낮은 목소리로 또박또박 말했다.

"북쪽을 바라보면 저 멀리 높은 산이 하나 보이지? 그 산 아래 동네에 3일과 8일 장이 서는데 그곳에 가서 약장수 임 씨를 찾아. 일본 경찰의 감시와 탄압이 심하니까 조심하고."

그 말을 마치고 깍두기 형은 어둠 속으로 사라졌다.

아침이 되었을 때 인수는 마치 꿈을 꾼 것처럼 정신이 아득했다. 눈을 들어 북쪽을 바라보니 저 멀리 희미하게 산이 보였다. 이 고장에서 가장 높은 산이었다. 결심한 듯, 인수는 길 떠날 채비를 했다. 고무신을 단단히 신고 옷도 몇 벌 겹쳐 입었다. 신탄상회를 나와 철도를 건너기 전, 인수는 언덕 위 아야코네 집을 한 번 바라보았다. 망설이지 않고 그쪽으로 발걸음을 옮겼다.

대문에서 서성이고 있는데 마침 책가방을 멘 아야코가 나왔다. 인수는 아야코와 함께 걸었다. 철도 너머 학교까지 어차피 같은 길이었다.

"인수야, 신탄상회에 경찰들이 들이닥쳤다며! 너, 괜찮아?"

"응, 살림살이와 땔감이 다 못 쓰게 됐지 뭐. 주인아저씨도 주인아주머니도 나도 다 괜찮아."

"근데 너 아침부터 어디 가는 거야?"

"볼일이 있어서 장터에 가는 중이야."

그러면서 인수는 속으로 한참이나 망설이고 망설이던 말을 꺼냈다.

"아야코 아버지는 어떤 일을 하셔?"

아야코가 잠시 인수를 뚫어지게 바라보다가 대답했다.

"내가 전에 한 번 얘기한 것 같은데. 아버지는 설계 전문가야. 그래서 여기로 오게 된 거고."

대답하는 아야코의 표정이 밝지 않았다.

"그러면 혹시?"

"그래, 네 짐작이 맞아. 아버지는 올봄부터 무기를 실어 나를 잠수정 설계를 시작한다고 했어."

"그렇구나."

인수는 그 말을 끝으로 아무 말도 하지 않았다. 아야코도 마찬가지였다.

갈림길에서 헤어진 후, 인수는 저 멀리 아득히 보이는 산을 향해 걸었다. 걷고 또 걸어서 도착한 장터는 생각보다 한산했다. 이 고장에서 가장 큰 장터라고 했는데 전혀 그렇게 보이지 않았다. 인수는 물어물어 약장수 임 씨를 간신히 찾았다.

"누가 보냈다고?"

임 씨는 가는귀가 먹었는지 잘 알아듣지 못했다.

"깍두기 형이 가 보라고 해서 왔는데요?"

"깍두기?"

"아, 갑득이 형이요. 홍갑득."

"아, 홍갑득 동지? 그렇다면 네 이름이?"

"인수라고 합니다. 심인수."

"네가 심인수라고? 심혁성 아들 심인수?"

임 씨는 놀란 얼굴을 하며 인수를 뚫어지게 바라보았다.

심혁성, 오랜만에 들어 보는 아버지 이름이다. 인수는 말없이 고개를 끄덕였다.

인수는 약장수 임 씨를 따라 꼬불꼬불 골목을 한참 지나 산 밑 동굴로 들어갔다. 낮인데도 앞이 안 보일 정도로 어두운 동굴이었다.

"대장님, 심인수라는 아이가 찾아왔습니다. 심혁성의 아들."

그러자 어둠 속에서 굵은 목소리가 들렸다.

"심 동지의 아들이라고? 아들이 진짜 살아 있었다고?"

"예, 그렇습니다."

"어떻게 살아남았지?"

"이순봉에게서 돌봄을 받다가 그다음엔 조길용이가 거두었다고 들었습니다."

"그 배신자의 집에서 컸다고?"

"조길용이 양심은 있었는지, 서당에서 자라던 이 아이를 데려다 학교에도 보내고 그랬다는군요."

이순봉은 훈장님의 성함이다. 조길용은 말 그대로 길용 아재의 이름이다.

곧이어 어둠 속에서 한 남자가 저벅저벅 발소리를 내며 나타났다. 다가온 남자가 인수의 손을 꽉 잡았다. 인수가 어리둥절한 얼굴로 어둠 속의 남자를 뚫어지게 바라보았다. 어둠 속이었지만 두 눈동자가 빛나는 걸 볼 수 있었다.

"자세히 보니 아버지를 빼닮았군."

"아직 어려서 그렇지 성정도 똑 닮았을 겁니다. 불의에 맞서고 정의를 위해 목숨을 바치는 사나이 중의 사나이 성정 말입니다. 핏줄은 못 속이니까요."

인수의 가슴이 콩닥콩닥 뛰었다. 어찌나 세게 뛰는지 금방이라도 심장이 밖으로 툭 튀어나올 것만 같았다.

굿바이, 미쓰비시

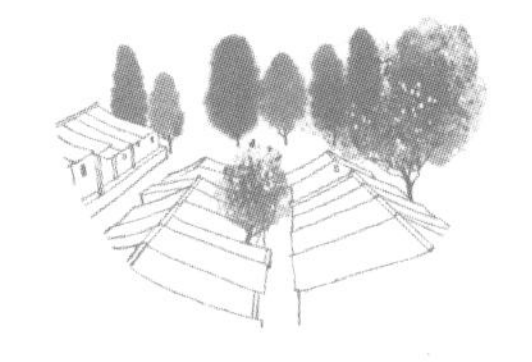

약장수 임 씨는 긴 이야기를 시작했다.

"1919년 전국적으로 만세 운동이 일어났단다. 그해 3월 24일, 우리도 황어장 장터에 모여 독립 만세 운동을 시작했지. 순사들이 만세 운동을 주도했다는 이유로 심 씨를 연행해 가려 했어. 우리는 순사들을 둘러쌌고 그러는 과정에 몸싸움이 벌어졌던 거야. 그때 몇몇 순사들이 무기를 겨누었지. 우리는 방어를 하기 위해 주먹으로 순사들의 머리를 쳤어. 순사들이 주저앉은 틈을 타 심 씨를 묶은 포승줄을 풀어 주었고, 심 씨가 달아났어.

순사들이 추적을 하더군. 순사들의 추적을 방해하기 위해 우리는 맨주먹과 돌멩이로 대항했단다. 그러자 순사들이 무기를 휘두르기 시작했어. 윤 씨는 머리에 심한 상처를 입었고, 몇몇은

칼에 찔려 부상당했지. 그러던 중 한 사람이 신체 일부가 잘려 그만 그 자리에서 숨을 거두었지. 심 씨는 결국 붙잡혔단다.

만세를 부르고 태극기를 흔드는 일이 그렇게 위협적인 일인가. 공공 기관을 공격한 것도 아니고, 순사들의 생명을 위협한 것도 아니잖은가. 순사들이 한꺼번에 달려들어 범인 취급을 하며 포승줄로 묶어 끌고 간 것이 과잉 진압 아닌가. 그리고 그에 항의하는 사람들을 잔인하게 칼로 찌르고 몸을 잘라 살해한 것이 더 심한 범죄 아닌가.

사람이 죽은 것을 알게 된 마을 사람들이 몰려와 일본 경찰에 항의하자, 일본 경찰은 무기까지 동원하여 1백여 명을 체포하였단다. 많은 사람들이 옥에 갇혔지.

감옥살이를 하고 나온 심 씨는 굴하지 않고 독립 운동을 계속했어. 일본의 감시는 더 심해졌고. 너를 낳던 네 어머니는 산후병으로 하늘 나라로 가고 말았지."

약장수 임 씨가 잠시 말을 멈추자, 인수는 궁금했던 것을 물었다.

"지금 아버지는 어디에? 살아 계신가요?"

"잘 계신다. 일본의 감시가 심해 어쩔 수 없이 만주로 갔단다. 당시 상황이 좋지 않아 너를 만주까지 데리고 갈 수 없었어."

인수는 아무 말 없이 고개를 끄덕였다. 아버지가 아무 이유

없이 사라진 게 아니고, 독립 운동을 하려고 만주로 떠날 수밖에 없었던 그때 사정을 이해할 수 있을 것도 같았다. 무엇보다 아버지가 살아 계신다는 것이 기뻤다.

장터에 가서 임 씨를 만나고 온 그날 밤, 인수는 밤새 뒤치락거렸다. 아버지가 왜 떠났는지, 그리고 지금 어디에 있는지 알고 나자 마음이 싱숭생숭하여 잠이 오지 않았다.

그때 누군가 살금살금 가게로 들어오는 소리가 났다.

'혹시 일본 경찰이?'

인수가 경계를 하며 귀를 기울였다. 그리고 비상 상황에 준비해 둔 몽둥이를 얼른 꺼내 들었다. 여차하면 몽둥이를 써야 할지도 몰랐다.

그런데 도둑고양이처럼 들어온 사람은 깍두기 형이었다. 폐허가 된 가게를 다시 둘러보고 깍두기 형은 짧은 한숨을 내쉬었다. 그러고는 곧 인수에게 다가와 속삭였다.

"지금 우리는……."

깍두기 형은 분명 '우리'라고 했다.

'우리는 누구를 말하는 걸까?'

궁금했지만 인수는 묻지 않았다.

"무기 밀반출도 어느 정도 성공하였고 무기 제조법도 빼돌렸어. 남은 것은 하나야! 그것만 손에 넣으면 만주로 달려가 독립군에게 전달할 거야. 마지막 남은 그 일을 인수 네가 해 줬으면 좋겠어."

인수의 두 눈이 동그래졌다.

'내가 할 일이 있다니! 도대체 내가 무슨 일을 할 수 있다는 거지? 그렇다면 나도 우리 속에 포함된다는 말일까?'

"그 일이 뭔데?"

"아야코네 집에 가서 야마모토 다로의 설계도가 어디에 있는지 알아내는 것."

"설계도를?"

인수의 가슴이 갑자기 방망이질을 쳤다.

'어떻게 그 일을 하지? 그 일은 아야코를 배신하는 것이나 마찬가지야. 아야코는 정말 좋은 친구야.'

그러자 깍두기 형이 인수의 손을 꽉 잡았다. 깍두기 형의 손이 묵직하게 느껴졌다. 깍두기 형의 손은 길고 가는데도 그런 느낌이 들었다.

"네가 심부름 갔던 포구 기억나지?"

인수가 원망스러운 얼굴로 깍두기 형을 쳐다보며 고개를 끄덕였다.

"거기가 잠수정을 만드는 곳이야. 야마모토 다로가 만든 설계도를 가지고 요코하마 공업사가 잠수정을 만드는 거지. 그리고 그 잠수정은 무기를 실어 나를 거고. 그걸 위해서 일본은 본국에서 1천3백 명의 노동자를 들여오고, 나머지는 조선 사람을 강제 징용할 계획이야. 강제 징용되는 조선 사람들은 조병창 노동자들처럼 노예 취급을 받으며 일을 하게 되겠지."

'조병창 노동자들처럼 노예 취급을 받으며 일을 하게 된다고?'

순간 인수의 두 눈에 분노가 차올랐다.

"더 이상 그런 일이 있게 해선 안 돼!"

"그래, 더 이상 그런 일이 또 일어나도록 방관할 수는 없지. 그래서 우리는 그 잠수정 설계도를 빼내려고 하는 거야. 그것 하나 빼낸다고 일본이 달라지지는 않겠지만 그래도 우리는 무언가라도 하고 싶은 거야. 우리가 숨죽이고 방관하고 있지만은 않다는 것을, 우리가 끝까지 싸울 거라는 것을 보여 주는 것이지. 그걸 갖고 우리는 만주로 갈 거야. 인수야, 할 수 있지?"

하지만 인수는 아무 대답도 하지 않았다.

"야마모토 다로가 집을 비우는 날을 알아내 연락해 줄게. 너는 설계도가 어디에 있는지만 알아내면 돼. 그다음 일은……."

깍두기 형은 인수의 마음을 알겠다는 듯 더 이상 말을 하지 않았다.

신탄상회가 완전히 문을 닫자, 인수는 더 이상 그곳에 있을 수 없었다. 가게는 곧 일본 사람에게 넘어갈 것이었다. 인수는 미쓰비시 줄집으로 돌아왔다. 갈 곳이 없었다. 서당은 부모 잃은 다른 아이들로 꽉 차서 인수의 자리가 없었다.

아침부터 눈이 내렸다. 길용 아재의 상태가 심상치 않았다. 일어나지도 못하고 자꾸만 헛소리를 했다. 인수는 아랫방에서 그런 길용 아재를 간호하고 있었다.

"아재, 밖에 눈이 많이 와요."

인수의 말에 길용 아재가 중얼거렸다.

"팔 년 전 그날도 눈이 내렸는데."

길용 아재는 무슨 말인지 모를 소리를 계속 중얼거렸다. 너무 작아서 잘 들리지 않았다. 인수는 길용 아재의 입에 귀를 갖다 댔다.

"나는 친구를 밀고하였다. 자식들하고 먹고살아야 한다는 이유였지. 나를 용서하지 마라, 인수야."

그러고 나서 길용 아재는 눈을 감았다. 인수는 길용 아재 귀에 대고 속삭였다.

"길용 아재, 부디 하늘 나라에서는 편히 지내세요. 친구를 밀고하고 하루하루 지옥 같은 날들을 보냈을 거라는 것, 저 알아요. 그리고 저 학교 보내 줘서 고마웠어요."

길용 아재가 떠났지만 일상은 똑같이 흘러갔다. 김화댁 아주머니는 여전히 정미소에 다니고, 영팔이는 여전히 학교에 가는 걸 두려워했다. 영순 누나도 여전히 조병창 의무과에 잘 다녔다. 성실한 누나는 일본 사람들의 신임을 얻어 조만간 월급도 오를 거라고 했다.

"조병창 안의 분위기가 좀 이상해. 일본 사람들이 모여서 무슨 얘기를 하다가 우리가 다가가면 입을 꾹 다물어."

영순 누나의 말에 영삼 형이 주먹을 불끈 쥐었다.

"두고 봐. 일본은 곧 패망할 거야."

인수는 형의 말이 맞을 거라고 생각했다. 그리 오래 살지는 않았지만 인수는 주위에서 남의 물건을 빼앗고, 죄 없는 사람을 못살게 구는 사람들이 끝까지 잘되는 꼴을 한 번도 보지 못했다. 남의 나라를 강제로 빼앗은 것도 모자라, 남의 나라 백성들을 힘들게 하고, 남의 나라에서 다른 나라를 쳐들어갈 무기를 만드는 나라, 그런 나라가 잘될 리가 없지 않은가!

드디어 깍두기 형에게서 아야코 아버지가 집을 비웠다는 연락이 왔다. 인수는 아야코네 집으로 향했다. 결심은 했지만 마음이 무거웠다.

"신탄상회가 문을 닫았다는 소문은 들었지? 이제 배달 올 일은 없을 테니 마지막으로 작별 인사 하러 왔어."

아야코가 고개를 끄덕이며 들어오라고 했다.

"사장님은?"

"경성에 올라가셨어."

"경성에?"

깍두기 형이 알려 준 바에 따르면 오늘 경성에서 높은 사람들이 모여 중요한 회합토론이나 상담을 위하여 여럿이 모이는 일을 한다고 했다. 거기에 아야코 아버지도 참석한다고 했다.

"유모, 나카마치 거리에 가서 모나카 좀 사다 줘. 그리고 오는 길에 미나미 양장점에 들러 새로 맞춘 교복도 찾아오고."

유모가 창밖을 보며 화들짝 놀라서 물었다.

"모나카를 사 오라고요? 그리고 교복을 찾아오라고요? 이렇게 눈이 많이 오는데……."

유모가 계속 머뭇거리자 아야코가 웃으며 말했다.

"유모, 정말 미안해. 갑자기 모나카가 너무 먹고 싶어서 그래. 교복도 얼른 입어 보고 싶고."

유모가 할 수 없다는 듯이 옷을 챙겨 입고 우산까지 들고 나갔다.

이제 집에는 아무도 없다. 인수와 아야코 단둘만 있는 집에 정적이 맴돌았다. 인수는 무슨 말을 해야 할지 몰라 응접실 바닥만 내려다 보았다. 아야코는 그런 인수의 마음을 알겠다는 듯이 인수를 가만히 쳐다보았다.

잠시 후, 아야코가 인수에게 따라오라고 손짓했다. 아야코가 아버지 방문을 열었다. 방에 들어가니 커다란 금고가 있었다. 신탄상회에서 본 금고보다 몇 배는 큰 금고였다. 아야코가 손잡이를 왼쪽으로 세 번, 오른쪽으로 두 번, 다시 왼쪽으로 한 번 돌렸다. 철컥 소리와 함께 금고 문이 열렸다.

"어, 어?"

인수가 놀라 뒷걸음질 쳤다.

"너, 이게 필요한 거잖아."

아야코가 설계도 한 장을 건넸다.

"설계도는 여러 장 있으니 눈치채지 못하실 거야."

인수는 고개를 푹 숙인 채 아무 말도 못 했다. 그러자 아야코가 웃으며 말했다.

"나는 전쟁을 싫어해. 이유는 그것뿐이야."

아야코는 설계도를 몸 안에 잘 감출 수 있게 작게 접었다. 그리고 그것을 인수에게 건네주었다.

"곧 유모가 올 시간이야. 모나카는 다음에 먹자. 언제 만날지 모르겠지만."

아야코가 눈물을 참으려는 듯 두 눈을 깜박였다.

'아야코, 미안해. 정말 미안해.'

인수는 뒤돌아보지 않으려 애쓰며 아야코네 집을 나왔다. 앞이 안 보일 정도로 눈이 쏟아졌다. 눈을 온 얼굴에 가득 맞으며 인수는 눈물을 줄줄 흘렸다.

그날 밤, 인수는 깍두기 형과 밤솔산에 올랐다. 하얀 눈으로 덮인 밤솔산이 아름다웠다.

"아주머니, 아저씨는?"

인수는 갑자기 가게를 그만두게 된 주인아주머니와 아저씨가 걱정이 되었다.

"고향으로 가셨어."

"여기가 고향이 아니었어?"

깍두기 형이 고개를 흔들었다. 형의 얼굴에 슬픔이 보인 듯했다. 하지만 깍두기 형은 내색하지 않았다.

'모던 뽀이 깍두기 형이 그동안 경성을 오가며 독립 운동을 하다니! 참 세상은 모를 일이야.'

인수는 그렇게 생각하며 그동안 살았던 줄집과 조병창을 한참 동안 지켜보았다. 그 모습을 지켜보던 깍두기 형이 조심스레 말문을 열었다.

"인수야, 너 이렇게 떠나도 괜찮겠어?"

"이제 나도 뭔가 해 봐야 하지 않겠어? 형 따라가면 아버지도 만날 수 있을 거고."

"그럼 이제 가자."

깍두기 형이 인수를 재촉했다.

"잠깐 기다려!"

누군가 달려오는 게 보였다. 멀리서 보아도 누군지 알 수 있었다.

"아버지 잘못을 대신 갚아야 할 것 같아서. 자, 이거 받아."

영삼 형이 인수 손에 지폐 뭉치를 꼭 쥐여 주었다.

"이건 나와 영순이가 모은 돈이야. 마음은 나도 따라가고 싶지만……."

영삼 형이 고개를 푹 숙였다. 영삼 형이 떠나면 남은 가족이 힘들 것이다. 경찰들이 날마다 찾아와 괴롭힐 것이다. 그걸 알기에 영삼 형은 미쓰비시 군수 공장에 계속 나갈 거라고 했다. 거기에서도 할 일은 많다면서.

"영삼 형이 공장에 남아 조선 사람들의 권리를 위해서 싸우는 일도 멋진 일이야."

인수의 말에 영삼 형이 인수 머리를 쓰다듬었다.

"녀석! 이런 멋진 말도 할 줄 알고. 많이 컸네."

그러자 깍두기 형이 영삼 형에게 다가와 말했다.

"네가 잘 돌봐 줘서 그래. 고맙다."

"내가 무슨……. 아무튼 나도 고맙다."

"조영삼, 우리 곧 만날 수 있겠지?"

"그럼!"

깍두기 형과 영삼 형은 서로의 손을 꼭 잡으며 다시 만날 것을 약속했다.

인수는 손을 흔들었다. 어둠 속 하얀 세상이 마치 미래에 만날 세상인 것처럼 느껴졌다.

'굿바이, 미쓰비시 줄집. 굿바이, 아야코. 나중에 좋은 세상에서 만나자.'

인수는 깍두기 형과 미친 듯 몰아치는 눈설레눈과 함께 찬 바람이 몰아치는 현상를 헤치며 걸어갔다. 산을 넘어 고개 넘어 항구로 가서 배를 타고 만주로 갈 것이다. 그곳에 가면 그리운 얼굴이 기다리고 있을 것이다.

굿바이, 미쓰비시

초판 1쇄 펴낸날 2021년 11월 22일
초판 5쇄 펴낸날 2023년 6월 5일

글 안선모
펴낸이 서경석
책임편집 김진영 | **디자인** 권서영
마케팅 서기원 | **제작·관리** 서지혜, 이문영
펴낸곳 청어람주니어 | **출판등록** 2009년 4월 8일(제313-2009-68호)
본사 주소 경기도 부천시 부일로483번길 40 (14640)
주니어팀 주소 서울특별시 구로구 디지털로 272 한신IT타워 404호 (08389)
전화 02)6956-0531 | **팩스** 02)6956-0532
전자우편 juniorbook@naver.com
블로그 http://blog.naver.com/juniorbook
페이스북 http://www.facebook.com/chungeoramjunior

ISBN 979-11-86419-78-6 44800
979-11-86419-32-8(세트)